JN058329

Contents

実家に帰ったら甘やかされ生活が始まりました

When I went back to my parents' house,
I started living a pampered life.

第一話　夏休みの始まりと野外懇親会

7月20日。

1学期の期末試験を終えて、どことなく弛緩（しかん）していた雰囲気が一際浮ついたものになるこの日。

良家の子女が数多く在籍する黎星（れいせい）学園でもそれは例外ではなく、講堂で行われた終業式から教室へ戻った生徒たちは友人同士で集まって夏休みの予定などの話で盛り上がっている。

黎星学園の場合、他の高等学校と比較して宿題の量が少なく、毎日進めれば1週間もあれば充分終えられる程度でしかない。

芸術系や読書感想文などはなく、代わりに社会問題に関する論文と経済に関する論文（英文のもの）があるが、基本的に自主学習が奨励（しょうれい）されており、休み明けにはしっかりと試験もあるので自堕落な休日を過ごすことはできない。

もっとも幼少期からの教育の賜（たまもの）なのか、高校生にしては将来を見据えている生徒が大部分を占めているので、休み明け早々に追試になる者はほとんどいないらしい。

とはいえまだ高校生。長期の休みが嬉（うれ）しいのは皆同じである。

寮に入っている生徒はほとんどが帰省するし、中には親しい友人同士で遊びに行く計画を立てている者もいるようだ。ただ、休み中にアルバイトに精を出すという話を聞かないのがこの学園らしいといえるかもしれない。

そんな中で余裕のない生徒がひとり。

クラスの誰よりも小柄で小学生じみた外見をした男子生徒、陽斗(はると)である。

その陽斗は教室に戻るやカバンからファイルを取り出し、真剣な表情で目を通していた。

「陽斗さん、あまり根を詰めすぎても良くありませんわよ。考えすぎると視野が狭くなりますし、計画通りに進まなくなったときに適切な対応がとれなくなります」

穂乃香(ほのか)が陽斗の机まで近づいてきてそう窘(たしな)める。といってもその口調に責める色はなく、むしろ気遣っているようだ。

「あ、うん。ごめんなさい。どうしても気になっちゃって」

指摘された陽斗は恥ずかしそうに首を竦(すく)めると、素直にファイルをカバンに戻した。

「心配なさらなくても陽斗さんはしっかりと準備をされていて手抜かりはないはずですわ。それに行程にも余裕を持たせていますので何かあっても大丈夫です。わたくしたちも居るのですから、もっと責任者としてどっしりと構えていてよろしいですわ」

穂乃香の台詞(せりふ)の理由、それは2日後に予定されている生徒会主催の交流イベント〝野外懇親会〟の1年生責任者に陽斗が任命されたことに端を発する。

高原でのオリエンテーリングをメインとしたこの懇親会に参加するのは1、2年生の生徒たちである。学校行事ではなく、あくまで生徒の自主的なレクリエーションという扱いであり、参加するかどうかは生徒の自由だ。

だが良家の子女や芸術を将来の進路に見定めている芸術科の生徒たちにとって学園の交流会はけっして無視することのできないイベント。在学中に築き上げた人脈が自分や家の将来に与える影響を考えれば、他のクラス、まして学年の違う相手と知り合う機会を逃してなるものかと、参加率はほぼ100%近い。

そうなると参加者の数は400名以上、主催者である生徒会の責任は重大となる。役員それぞれに役目が割り振られ、陽斗もなぜか1年生の責任者として指名されてしまったのである。

陽斗としては外部入学者であり学園の常識に疎いことや、そもそもそういったリーダー的な役割の経験がないことを理由に断ろうとしたし、穂乃香も学園に不慣れな陽斗の負担が大きすぎると反対してくれたのだが、それでも生徒会長である琴乃(ことの)の強い希望と雅刀(まさと)の後押しにより引き受けることになってしまったのだ。

それはもちろん断れなかったというわけなのだが、これまでの生い立ちから諦めと切り替えの早い陽斗は、引き受けたからには頑張ろうと決意したのだ。

それからの1カ月、陽斗を含めた生徒会役員総出で準備に追われた。

もちろん陽斗も穂乃香の全面的な協力や助言を受けながらではあるが、これと決めたときの集中力と行動力は人並み以上であるらしく、2年生責任者であり前年のイベント経験者でもある桧林(くればやし)に突撃して詳しい仕事の進め方などの指導をお願いした。

他にも、果敢に琴乃や雅刀を質問攻めにしたり、他の役員に頭を下げて回って協力してもらいながら精一杯責任者としての務めを果たしていた。

そうして事前準備はつつがなく終わり、穂乃香も桧林も抜けや想定の甘い部分はないと太鼓判を押しているのだが、それでも心配は尽きないようで暇があればこうして資料をまとめたファイルを見ながら何度も手順や段取りを確認してしまうのだった。

今も未練がましくチラチラと閉じたファイルに視線が向いてしまい、穂乃香も思わず苦笑する。

「自分の能力以上の仕事を引き受けるからだ。大体僕たちが何度大丈夫だと言ってもまったく信用しようとしないんだからな。失礼な話だ」

「あぅ、ごめんなさい。穂乃香さんや天宮(あまみや)くんたちのことは信じてるんだけど、その、自分のことが信じられないっていうか、その」

壮史朗の皮肉っぽい言葉に小さくなる陽斗。

「そう厳しいことを言わなくても良いんじゃないかい？　初めて責任ある仕事を任されたら誰だってそうなるさ。身の程もわきまえずに大言を吐いて失敗するより、よほど好感が持てるというものさ。それに不安そうにプルプルと震えてる陽斗くんも可愛いじゃないか」

そう口を挟んだのはスラックス姿のクラスメイト、鴇之宮薫だ。

その言葉は陽斗を、というよりは壮史朗をからかうものだったが、言われた本人は最後の言葉に思わず頷いてしまいそうになり慌てて首を振る。

「可愛いって……」

男子高校生にそぐわない形容に気落ちする陽斗の姿ももはや恒例だ。

「あはは、相変わらず天宮くんは素直じゃないわよね。心配なら心配って言えば良いだけなのに」

「ふ、ふん！　僕が心配なんてするか。野外懇親会を楽しみにしている生徒も多いから、力が入りすぎてヘマをされたら迷惑というだけだ」

セラが混ぜっ返し、壮史朗がムキになって反論する。

なんだかんだ言って孤高を気取っていた壮史朗もすっかりこのメンバーに馴染んでいたりするのだ。

「気を張るのは悪いことじゃないが何かあれば俺たちも力を貸す。だから少しは肩の力を抜くと良い」

「賢弥（けんや）くん。うん、できるだけ、そうする」

「武藤（むとう）さんの言葉には素直ですのね。なんだか面白くないですわ」

穂乃香は不満そうに口をとがらせるがその目は笑っていて、陽斗の緊張を紛らわせようとしているのを察して、照れくさそうにはにかんだ笑みを返したのだった。

その後、担任の筧（かけい）先生と副担任の小坂麻莉奈（こさかまりな）先生が教室に入ってきたことで、生徒たちは慌てて席へ着き、ＨＲ（ホームルーム）が始まった。

内容は休み中の注意事項や休み明けの行事の連絡、トラブルがあった際の報告に関しての簡単なもの。

長期の休みを目前に浮き立った生徒たちに何を言っても耳に入らないのを熟知しているベテラン教師なので、事前に何度もした話を繰り返しただけで解散となった。

「それじゃあ1学期はお疲れ様でした。休み明けにまた元気な姿を見せてくれることを楽しみにしています。くれぐれも羽目を外しすぎないようにね」

「はーい！」

若くて美人な麻莉奈先生の言葉だけは聞こえていたらしい。生徒たちの返事に苦笑いの筧先生が教室を出て行ったことでいよいよ夏休みが始まり、陽斗と穂乃香は最後のミーティングを行うため生徒会室に向かうのだった。

夏休み2日目。

生徒たちの集合時間よりも1時間ほど早く集まった生徒会の面々は琴乃からの最終確認を終え、陽斗と穂乃香はそれぞれが担当するクラスで出欠や体調などのチェックを行う。

生徒会主催とはいえ学園の教師も数人、監督者として同行するが、基本的に安全管理や問題が発生したときの対応のためであり、運営そのものは全て生徒会役員によって行う。

黎星学園の正門前に停(と)められた大型バスに担当の生徒会役員が参加者名簿を確認しつつ車内に誘導、最後に学年のリーダーがそれを生徒会長に伝えようやく出発となる。

目的地は休憩を挟みつつ2時間ほどの場所にある東北地方の高原である。

山だけでなく湖も渓流もある風光明媚(ふうこうめいび)な場所で、大きなリゾートホテルが宿泊場所となっている。さすがに良家の子女が大半を占めているのでキャンプ場でテントやバンガローでの宿泊というわけにもいかないのだろう。

ちなみに生徒たちの安全確保のため、学園が契約している警備会社から職員が多数派遣されており、数名は生徒たちと同行し、現地でも警備にあたることになっている。

野外懇親会の大まかな日程として、初日は現地への移動とホテル近くの湖での自由時間。夕食はホールを借りての立食パーティー。2日目が朝からオリエンテーリングとなっている。

オリエンテーリングは専用に作られた地図を使って、大自然の中に設置されたチェックポイントを辿(たど)りながら走破するアウトドアスポーツだ。

元が軍事訓練から派生したものであるため、本来はスピードを競う面が強く、かなり過酷なクロスカントリーといった競技なのだが、さすがに高校生が行うようなものではないし、そもそも交流が主目的のイベントだ。一応順位は発表するものの参加者もそれに拘(こだわ)ることなく、生徒同士の交流や連携が目的となる。オリエンテーリング終了後は湖畔でバーベキューを行う予定だ。

最終日は午前中に生徒会が企画したゲームを行い、昼食後、学園へ帰ることになっている。

バスにはそれぞれ生徒会役員がひとりずつ同乗するのだが、陽斗の担当は3組だ。

バスの定員は40人で座席はゆったりと広く作られている。黎星学園は一クラス30人前後なので皆充分なゆとりをもって座っていた。

「西蓮寺(さいれんじ)、ホテルに到着したら自由に過ごして良いんだよな?」

「あ、うん。まずホテルのレストランで食事をして、それから夕食までの時間は自由だよ。で、でも、あまり遠くに行っちゃ駄目だし、離れるときも警備の人に言わないと」

「西蓮寺くんは自由時間も生徒会の仕事あるの？」

「えっと、明日のオリエンテーリングの会場を確認しなきゃいけないから」

「え〜、残念。せっかくだから西蓮寺さんと交流したかったのに」

「そうだぞ。生徒会の仕事も大事だろうが別のクラスとももっと交流をもった方が良い。その、四条院（しじょういん）さんも一緒に」

　陽斗の所属するクラスではないと言っても3組とは合同授業で一緒になることも多く、陽斗に掛けられる声は気さくで親しみのあるものばかりだ。

　最初の頃はやはり外部入学者に対する偏見などもあったのだが、接しているうちに陽斗の一生懸命さと歩み寄ろうとする頑張りを目にして徐々に話をする生徒が増え、陽斗の聞き上手も手伝って今ではこの通りである。もっとも、中には別の意図がありそうな生徒も居るようだが。

　旅行など行き慣れていそうな同級生たちだが、それでもクラスメイトと一緒というのはまた特別なのか、終始バスの中は賑（にぎ）やかで、それでいて羽目を外して他の生徒に迷惑を掛けたりせずに時は過ぎていく。

　途中、高速道路のサービスエリアでトイレ休憩を一度取り、目的地に到着したのはお昼前だ。

　事前に宿泊者リストはホテル側に提出してあるので、生徒会の担当が最終確認と鍵の受け取りをしてチェックインは完了する。あらかじめホテルに荷物を送っている生徒も多いが、それは自分で受け取ることになっている。

それから各自に鍵と昼食用のチケットを生徒会役員が手分けをして配布していく。

一応鍵を受け取った時点で自由時間は開始となっていて、昼食もホテル内にいくつかあるチケットの対象レストランで自由に取れる。陽斗も一時的に生徒会の仕事から解放され、穂乃香や壮史朗たちと合流してインド料理のレストランに入った。

昼食を終え、翌日のオリエンテーリング会場の確認作業を生徒会役員で分担して行うことになっていたので、陽斗は穂乃香と共に割り当てられたエリアを回る。

ただ、確認作業といっても事前に、数日間の時間を掛けて地元民や警備担当者、リゾートの職員などが綿密に安全確認などを行っているし、この10日間ほどは天候も安定していたため実質的にはほとんど形ばかりの作業だった。割り当てられた範囲を確認し終えて、特に問題がなければそのまま残り時間は自由にしていいと言われている。

とはいえ、もちろん初めて責任者などを押し付けられ、いや、引き受けた陽斗としては手を抜くはずもなく、まるで無くした物を捜すかのように担当場所の隅々まで見て回っていた。そして一緒に居るのは穂乃香だけではない。

「ふぅ～、さすがに歩き回ると暑いな」

「そうか？　風が涼しいから気にならんが」

「賢弥は暑苦しい道場で慣れてるから参考にならないわよ」

「でも都会の喧噪を離れてこうして自然を感じられる場所を散策するのは気持ちいいじゃないか」

役員以外は自由行動ということになっているのに、どういうわけか壮史朗や賢弥、セラ、薫までがこうして陽斗たちに付き合って同行していた。

最初は陽斗たちも遠慮していたのだが、壮史朗の「別にいまさらこんなところで散策してもやることが無い。暇つぶしだ」というツンデレ気味の言葉と、「ここのホテルは源泉掛け流しが売りだからな。堪能するためにも少し汗をかくのも悪くない。だがホテル周辺は人が多くて煩わしい」という、どこか年寄り臭い賢弥の風呂好き発言にセラと薫も便乗したというわけだ。

少々不満そうな表情を見せた穂乃香もすぐに調子を取り戻して会話を楽しんでいる。

「空気は爽やかですけれど日差しは強いですわね。参加者には帽子を着用するように伝えましょう。陽斗さんは大丈夫ですか？」

「うん、心配してくれてありがとう。僕は結構暑いの平気だから大丈夫」

暑いだけでなく、冬は意外に寒い九州中部の一地方都市で、エアコン使用禁止の生活を十数年過ごしていたのだ。爽やかな風が吹く真夏の高原など快適でしかない。

とはいえ汗をかかないわけではなく、ましてや遊び盛りの仔犬のようにあっちこっちを足早に移動しながらフィールドを見て回れば、終わる頃には着ているシャツはジットリと重くなっていた。

3時間ほどかけて丁寧に見て回り、ホテルに戻るがまだ夕食の時間までは2時間以上ある。

「……風呂に行く」

そもそもの目的がお風呂を堪能するために軽い運動感覚で同行していた賢弥なのでホテルに着くなりそう言い出した。通常の学校行事とは違い、食事の時間以外は入浴も自由なのだ。

このホテルは午前10時〜12時までの清掃時間以外は自由に大浴場を利用できるらしく、まだ日が高いこの時間でも開放されている。

「そうだな。せっかくだから僕もそうしようか。西蓮寺もどうだ？」

「う、うん。いいの、かな？」

明るいうちからお風呂に入ることに少々の罪悪感がある陽斗が戸惑った声を上げるが、セラがそれを後押しする。

「やらなきゃいけないことは終わったんでしょ？　なら良いじゃない。私も四条院さんと一緒にお風呂行くし」

「それは聞き捨てならないな。穂乃香クンが行くなら当然ボクもご一緒するよ。こんな機会でもなければ穂乃香クンとお風呂に入るなんてできないからね」

穂乃香まで巻き込んだセラの発言にすかさず薫が便乗する。

「四条院さんは陽斗くんと混浴が良いのかもしれないけど、残念ながらこのホテルには無いみたいだし、諦めて私たちと一緒に裸のお付き合いといきましょう！」

「こ、混!?　わ、わたくしはそんなこと、というか、お、お風呂は後で、ちょ、ちょっと待ってください」

「まぁまぁ、話は湯船に浸かりながらで良いじゃないか。そうと決まれば着替えを取ってこないとね」

「鴇之宮さん、目つきが何か、イヤらしいですわ！　ひ、引っ張らないでください！」

抵抗むなしくセラと薫に両腕を抱えられて引きずられていく穂乃香を見てオロオロする陽斗と呆れたように肩をすくめる壮史朗。

賢弥はといえばそんな寸劇に構わず部屋に向かって歩き出していた。

「おや？　西蓮寺くんたちもお風呂かい？」

「あ、副会長、お疲れ様です」

着替えの下着とジャージを持って大浴場へ行くと、暖簾の前でいつもの穏やかな笑みを浮かべた雅刀が声を掛けてきた。

手には着替えがあるので、彼も陽斗たちと同じく確認作業を終えて汗を流しに来たのだろう。そのまま自然な流れで一緒に脱衣所へ入る。

「わぁ～、広いですね！」

入った途端に目に映った脱衣所とその向こうに見える広々とした浴室に陽斗が感嘆の声を上げた。

屋敷の浴場も充分に広いが、あくまで個人の邸宅である。それに新聞販売店の人たちに連れて行ってもらったス一〇一銭湯よりもさらに大きい。

その好奇心旺盛な小動物じみた様子に、雅刀はクスクスと笑い、壮史朗は無表情のまま口元と目元をヒクヒクさせた。

「うわぁ、賢弥くんの筋肉すごい！」

好奇心の対象は脱衣所だけに止まらないようで、賑やかな陽斗たちにかまわずさっさと服を脱ぎはじめていた賢弥にも憧れのこもった目が向けられる。

幼少期から空手で鍛え上げられた賢弥の身体はムキムキ、ではないが、均整のとれた重厚な筋肉の鎧に包まれていて、陽斗にとっては羨ましいようだ。

「男に褒められても妙な感じだな。そんなことより、風呂に入らないのか？」

苦笑しながら賢弥がそう突っ込むと、陽斗も慌ててシャツに手を掛け、勢いよく脱いだ。

機嫌良く上半身を晒(さら)している陽斗を見て賢弥と壮史朗の顔が強張(こわば)る。

その目に映っているのは長年にわたって受けてきた虐待の生々しい傷痕(きずあと)。

新聞販売店の人たちも皇(すめらぎ)の屋敷の人たちも陽斗の事情を知っているので表情を変えることはなかったが、初めて見る彼等(ら)にとっては、陽斗の明るい表情との対比でより異様に見えていた。

第二話　オリエンテーリング

ホテルから徒歩で20分ほど離れた湖畔。

湖から道路を挟んだ山側にある公園の広場に400名以上の生徒が集まっている。

競技の内容を考えれば人数が過剰だが、あくまでオリエンテーリングの形を借りた交流会なのでコースに人が溢れていようが問題ないし、ルールもこのイベント用にアレンジされたものだ。むしろ事故や遭難の可能性が低くなるので警備担当の心配も少なくなることだろう。その分体力は使うだろうが。

コース自体も初心者向けのもので面積もかなり広く、危険な箇所も少ない。

生徒一人ひとりに携帯GPSが渡されているし、コースを外れそうになれば各所に待機している警備担当者が即座に止めることになっている。

もちろん万が一の事態に備えて救急車も3台待機しているし、コース入口の詰め所には医師と看護師が配置されているという念の入れようである。

今回は5～6人でチームを作り、コース内に設定された20カ所のチェックポイントに置かれているポスト（競技に使われる三角柱状の布製フラッグ）に書かれているアルファベットと数字を所定の回答用紙に記入し、その場所で待っている係員から出された課題をクリアするというものだ。

中には他のチームと協力しないとクリアできないものもあり、そのことからも順位を競うのではなく交流が目的なのがわかる。

所要時間は3時間以上5時間以内で、各自に渡されているお弁当を途中で摂ることになっている。もちろん他のチームと一緒に食べても問題ない。

ただし、チームのメンバーはトイレ以外、必ず一緒に行動しなければならず、トラブルを起こした場合は即座にそのチームは失格&生徒会長（琴乃）によるお説教が待っている。家柄的にも立場的にも絶対に逆らえない人からの説教は誰しもが避けたいだろう。

このオリエンテーリングに関しては1年生役員も他の生徒と同じように参加することになっている。チェックポイントで課題を出す役目は2、3年生役員が受け持つ。

1年で役員になると進級してもそのまま役員を務めることが多く、そうなればイベントに参加する機会がなくなってしまうかららしい。

そんなわけでチームを組むのは陽斗、穂乃香、壮史朗、賢弥、セラ、薫の6人だ。

元々クラス内であれば自由にチームを決めて良いという決まりになっていて、悩む必要もなくいつものメンバーで組むことになった。

琴乃による注意事項の伝達とオリエンテーリング開始の合図で生徒たちが歩き始める。

「さ、西蓮寺は大丈夫、か？」

機嫌良く歩く陽斗をチラチラと見ながら壮史朗が尋ねる。といってもまだ始まったばかりで大丈夫も何もない。

そんな壮史朗の様子を穂乃香が訝しげに見る。

「……天宮さんこそどうかなさったのですか？　昨夜から何か様子がおかしいですが」

穂乃香の言葉の通り、入浴を終えて食事をこのグループで取っていたときも壮史朗は何度も陽斗の顔を窺ったり、何か考え込んでいるかのように口数が少なかった。

これはやはり大浴場で陽斗の傷痕を見たからだろう。

ある程度の事情は聞いていてすぐに状況を理解した賢弥と、一瞬何か言いたげな様子を見せたものの態度の変わらなかった雅刀。ふたりとは異なり、壮史朗は自分の同級生が背負った凄絶な過去に衝撃を受けたようだった。

結局、陽斗は迷いながらも以前暮らしていた家で虐待を受けていたことと、昨年末に祖父に引き取られたことを話した。

彩音からは信頼できる相手にはある程度話してもかまわないと言われていたし、そもそも傷痕を見られた以上、誤魔化そうとすれば壮史朗との関係まで壊れてしまいかねない。

　陽斗自身が虐待を受けていた過去をそれほど気にしていないこともあり、誘拐されていたこと重斗のこと以外はほぼ全て告白したのだ。

　それ以降、様子がおかしくなった壮史朗だが、避けようとはしていないし、むしろ何かを言いたそうな素振りを見せているので、単に陽斗のことを気遣うあまり過剰に言葉を選んでいるのだろう。いつもの皮肉っぽいツンデレも今のところ鳴りを潜めている。

　不思議そうな穂乃香に、陽斗はお風呂場での一幕を説明する。

　元々壮史朗たちに話したからには穂乃香やセラにも話そうと思っていたのだ。穂乃香は陽斗にとってこの学園で最初の友達だし、尊敬する人物なのだから除け者にするような真似はしたくない。

「でもそれまでも沢山の人が助けてくれたし、今はお祖父ちゃんに引き取られて幸せだから……フブッ」

　話し終えて、最後に今は幸せだと口にした瞬間、陽斗の顔が柔らかいものに包まれる。

　突然目の前が真っ暗になった陽斗は見ることができないが、穂乃香が身を屈めて陽斗の頭に腕を伸ばしてその胸に抱きしめたのだ。

「わたくしは陽斗さんを尊敬いたしますわ。それほど辛い思いをしていながらこれほど人を思いやることができるなんて、わたくしは自分が恥ずかしくてなりません。わたくしが思い悩んでいたことなどなんと些細なことなのでしょう。それに、これからはわたくしも陽斗さんの力になります。陽斗さんは幸せになるべきです！」

話を聞くうちにあまりの内容に泣きそうな表情になっていた穂乃香は湧き上がる衝動をこらえきれなかった。

「穂乃香さ〜ん、ちょ〜っと周り見てみよう？　それに陽斗くん窒息しちゃうわよ？」

これっぽっちも周囲の状況が目に入っていなかった穂乃香はセラの言葉にふと顔を上げる。

ただでさえ注目度の高い四条院家のご令嬢である。それが同じくその外見で注目度の高い少年を胸に抱きしめていれば目を引かないわけもなく、まだオリエンテーリング開始直後で周囲には大勢の生徒が居たこともあり、数十人が穂乃香たちに視線を注いでいた。

「あ、あああ、も、申し訳ありません！」

慌てて陽斗を解放し、真っ赤になった顔のまま距離をとる穂乃香。

陽斗の方も茹で蛸のように赤くなって頭から湯気を出していた。

幸いというべきか、口と鼻は谷間にあったらしく窒息はしていないようだが、その分羞恥心はもの凄い。

まぁ、見た目は子供でも立派な青少年である。嫌ということはないだろうが。

「穂乃香さんってば大胆ねぇ」

「悔しいなぁ。ボクとのスキンシップはあんなに嫌がるのに。相手が陽斗クンじゃなければ嫉妬に狂ってしまいそうだよ」

一緒に風呂に入ったことでより親しくなったのか、いつの間にか名前呼びになったセラがからかい、薫もわざとらしく拗(す)ねてみせる。

「とにかくさっさと移動するぞ。視線が鬱陶しい」

アウアウ言いながら固まったままの陽斗を荷物のように小脇に抱え上げて賢弥が歩き出す。

さすがにこのような形で注目されているのは居心地が悪い。壮史朗やセラ、薫も後に続き、穂乃香も慌てて追っていった。

「本当に申し訳ありませんでした、陽斗さん」

「い、いいえ、大丈夫です！　その、僕の方こそごめんなさい」

「謝らないでくださいませ。でも、その、苦しくありませんでしたか？」

「そんな、えっと、ちょっといい匂いがして、あ……」

地図を見ながら方角を確認している賢弥の後ろで互いに頭を下げ合う穂乃香と陽斗。

セラと壮史朗はそんな彼等(ら)を呆(あき)れたように見ている。

「な～んだろね、甘々なラブコメ展開に砂糖が口から出てきそう」

「気を使っていたのが馬鹿馬鹿しくなってくるな。僕も色々と考えすぎてたようだ」

言葉通り胸焼けしていそうな表情のセラとは裏腹に壮史朗の方はどこか自嘲気味に見える。

おそらくは陽斗の身の上を聞いて考えるところがあったのだろうが、それを口にするつもりはなさそうだ。

「でも凄いね、彼は。あの小さな身体の中にどれくらいの苦悩と悲嘆を抱えてきたんだろう。ボクにはとても真似できないよ」

薫もどこか不思議なものを見るように陽斗へ目を向ける。

「都津葉はあまり驚いていないようだが西蓮寺の事情を知っていたのか？」

「私もほとんど知らないわよ。なんとなく何か事情があるんだろうなって思ってたくらいかな」

実際には皇家の要請を受けたときにほんの少しくらいは事情を聞いていたが、あそこまでだとは思っていなかった。

「でも、知ってたとしてもあんまり変わらないんじゃない？　陽斗くんが良い子なのは確かだし、彼がそれをひけらかして同情を引こうとしてるわけじゃないんだし」

「そう、だな」

「ん。確かに。それに、そろそろちゃんと競技に参加しないとね。武藤クンに怒られそうだ」

薫の言葉に壮史朗とセラは頷いて足を速めた。

ほどなく到着した最初のチェックポイントで出された課題はメンバー全員のフルネームを言えるかというものだった。これだけ聞くと簡単にも思えるが、クラスメイトの名前というのはよほど親しくないと普段呼んでいる名字しか覚えていないということが意外と多いものだ。現に次々と到着してくる他のチームでもクリアできなかった生徒が半数近く居た。

陽斗たちのチームはといえば、この課題は難なくクリアすることができた。

そして次のチェックポイントを確認するため、賢弥の持っている地図を覗き込む。

市街地と違い、目印の乏しい自然の中は地図を見ても現在地を把握するのが難しい。

コンパスはあくまで方角を示すだけなので現在地がわからなければ地図など意味がない。こういった場所では常に自分が居る位置を地図と照らし合わせて確認していなければならない。といってもこれも慣れが必要なスキルのひとつなのだが賢弥は難なくこなしているし、壮史朗も誰に聞くこともなく現在地を把握しているようだ。

陽斗を含め残りのメンバーは今居るチェックポイントくらいしかわかっておらず、結局、ただ邪魔をしないようにふたりの後をくっついて歩いているだけである。

「あとは真っ直ぐ行けば5つ目のチェックポイントが見えてくるはずだ」

「今度の課題は簡単なものに当たればいいんだけどな」

「あはは、さっきの課題は4チーム合同だったしねぇ」

まだ序盤とはいえチェックポイントで箱に入れられた課題を選び、運次第で難易度が変わるというどこぞのバラエティ番組のようなことをしている。

ひとつ前のチェックポイントでは20人でリレー方式に漢文の詩を書くという、手間と時間ばかり掛かる課題を選んでしまった。

なんとか後続のチームにお願いして協力してもらいクリアして、代わりにそのうちのいくつかのチームにも協力し返した。そういう意味ではチーム内やチーム同士のコミュニケーションをとるという趣旨に沿っている。

「ん？」

不意に賢弥が右手の茂みに目をやった直後、そこからジャージ姿の男子生徒がひとり飛び出してきた。だがその様子は勢いよくというよりもっと切羽詰まった雰囲気で、その生徒は賢弥たちの顔を見るや悲痛な叫び声を上げる。

「た、大変なんだ！　こ、浩二(こうじ)が地面の割れ目に落ちて！」

賢弥と壮史朗が顔を見合わせる。

「割れ目？　どういうことだ？」

「知らないよ！　茂みを突っ切って歩いてたら急に浩二の姿が見えなくなって、地面に割れ目があって、動けなくて……」

要領を得ない受け答えを返すばかりで咄嗟に理解できなかった賢弥と壮史朗だが、陽斗はへたり込んだ生徒に向かって尋ねる。

「場所は？　近いですか？」

「あ、あっちの方で、た、多分500メートルくらい離れてる。今は伸一たちがいるはずで、その……」

「賢弥くん、地図でわかる？」

「ちょっと待て……この辺だな。セラ！　チェックポイントに行って生徒会の連中に伝えてくれ」

「わかった！」

「ボクも一緒に行くよ。ついでに人手を引っ張ってくるから地図を借りるよ！」

「わ、わたくしは電話で救助要請を出しますわ」

「僕らは状況を確認しよう。多田宮、案内しろ！」

「う、うん」

方向性の切っ掛けさえあれば彼等は並の高校生ではない。すぐにするべき役割分担をして動き出す。

多田宮という生徒は、陽斗たちの居たところに来るまでに余程慌てていたのか下生えや茂みが踏み荒らされて獣道のようになっていたので間違えることなく戻り、ほどなく地面に向かって呼びかけている男子生徒と青い顔で立ち尽くしている3人の女子生徒と合流する。

到着した賢弥はすぐさま数メートル離れた下生えのない剥き出しの地面に緊急用に配られていた救助要請灯のポールを伸ばして突き刺す。スイッチを入れると赤色の回転灯が光り、サイレンが10秒ごとに鳴り響く。場所を知らせるためだ。

その間に壮史朗がしゃがみ込んで呼びかけをしている生徒のところへ行く。

そこにあったのは幅30センチ、長さが1メートル程の割れ目であり、周囲に膝丈くらいの草が茂っていてパッと見ただけでは割れ目に気付かない。

壮史朗がスマートフォンのライトを点灯させて覗き込むと、地表よりも下は少し幅広になっていて深さもそれなりにありそうに見える。

そしてそこに落ちた浩二は2メートルほどの深さの場所にバンザイする姿勢で挟まれているようだ。

「おい！　千場！　大丈夫か!?」

大声で生徒の名を呼びかけても反応はない。だが時折動く手と呻くような声が聞こえることから完全に意識を失っているわけではなさそうだ。

ただ、上から手を伸ばしても届きそうにないし、ロープを垂らしてもこの様子では摑むことは無理だろう。

「周りを掘ることはできそうか？」

賢弥が割れ目を覗き込みつつ尋ねるが壮史朗は首を振った。

「……無理だ。土じゃなくて岩の割れ目みたいだ。道具もないし僕たちじゃどうしようもない。それに幅が狭すぎて入ることもできない」

賢弥と壮史朗が難しい顔をする。

だがこの状態ではたとえレスキュー隊が来たとしても難しいだろう。

人が挟まれている以上重機を使うわけにはいかず、周囲の岩を砕きながら地道に掘るしか方法がない。

「賢弥くん、ロープあるよね？」

「あ？　ああ、それぞれのチームに配られた分があるが」

「西蓮寺、どうするつもりだ？　まさか」

「この幅だと賢弥くんたちは無理でも僕なら多分潜れるよ。その、ちっちゃいから」

同じように割れ目を覗き込んでいた陽斗の言葉に眉を寄せる賢弥と壮史朗。

確かに30センチ程度の幅しかなくても陽斗くらい小柄で厚みが薄ければ入れそうではある。

「き、危険ですわ！」

「でも怪我してるみたいだし、時間が掛かったらもしかしたら間に合わなくなっちゃうかもしれない。それに僕だって生徒会の役員で1年生の責任者なんだから、僕ができることはしたいんだ。僕が潜って彼の腕にロープを巻き付けるから引っ張りあげてくれる？」

「……危険すぎる。それに入るときも逆さまにならなきゃいけない。そんな状態でロープを結べるのか？」

「多分大丈夫。前に何度か1時間くらい逆さまに吊されたことあるけど30分くらいなら意識もちゃんとしてたから」

「基準がおかしすぎるだろ！」

「お願い！　挟まれてる人がどんな状態かわからないし、もしかしたら頭を打ってたり怪我したりしてるかもしれない。無理はしないから！」

「陽斗さん……」

真剣な目で見つめる陽斗に険しい目を向けていた賢弥だったが、しばらく睨み合った末に溜息と舌打ちで応じることになった。

「1回だけ、それも10分以内だ。失敗したらレスキュー隊が到着するのを待つ」

「おい、武藤！」

「武藤さん!?」

忌々しげに妥協案を出す賢弥に壮史朗と穂乃香が詰め寄る。

「こんなナリでも頑固だぞ、陽斗は。言い出したらそう簡単に引かないし問答する時間もない。それに何とかして助けたいのは俺も同じだ。だったら1回だけ試すしかないだろう。だが二次災害は御免だからな。腰と左右の足それぞれにロープを縛り付ける。危ないと思ったらすぐに引き上げるからな」

「うんっ!!」

第三話　陽斗の人命救助

「いいか？　くれぐれも無理はするな。少しでも難しいと感じたらすぐに言え」

「うん。わかった」

素直に頷く陽斗を疑わしそうな目で見る賢弥。いざ難しいと感じたとしてもそうそう諦めないだろうと察しているからだ。

「武藤、ロープとタオルを集めたぞ」

賢弥が陽斗に手順と注意事項を話している間に、壮史朗は各自に貸し出されていたバッグからクライミング用のロープとタオルを集めて持ってくる。

オリエンテーリングの参加者には携帯ＧＰＳの他に、あらかじめ小型のナップザックに地図やコンパス、懐中電灯、ロープ、タオル、十徳ナイフが貸し出されている。

実際に使うことは滅多になく、アウトドア気分を味わうための小道具に過ぎないのだが、物自体はしっかりとしたものばかりである。ロープも太さ10ミリの耐荷重２０００キロ、長さ10メートルのクライミング用だ。

賢弥は陽斗の両足それぞれにタオルを巻き、その上からロープをしっかりと縛り付けた。腰の方はロープ側にタオルを巻き付ける。どちらもロープが擦れて怪我をしないためだ。

その様子を穂乃香が心配そうに見つめている。

「穂乃香さん！」

陽斗の準備を終えたちょうどそのタイミングでセラと薫が数人の生徒会役員を連れて到着した。男子が２名、女子が１名だがその中には２年の責任者である桧林もいる。

「桧林先輩、手伝ってください。他の男子もだ」

見知っていたのか賢弥が桧林にそう声を掛けた。

人間を吊り下げるのはかなりの力を必要とする。

小柄で軽い陽斗であってもロープで吊り下げるとなると最低でもふたりは必要となるだろう。

挟まっている生徒の引き上げはその倍以上は欲しいところだ。

今ここには賢弥と壮史朗、割れ目に落ちた浩二という生徒と同じ班の男子生徒がふたり、それからたった今合流した桧林ともうひとりの男子生徒がいる。人数的には揃ったことにはなるが、余裕があるわけではない。

「俺が割れ目を跨いで真上から吊り下げる。桧林先輩たちはロープを手に巻き付けて合図があったらゆっくりと引いてください。四条院と鴇之宮は懐中電灯で割れ目の上から中を照らしてくれ。真上からじゃなく斜め上からだ。陽斗、いけるか？」

「うん！　わわっ！」

賢弥が陽斗の腰につながったロープを肩に掛けて支点とし、返事と共に持ち上げる。

慌てた声を上げたものの、陽斗はすぐに手で割れ目との位置を調節しその中に頭を突っ込んだ。

地表からすぐに50センチほどに幅が広くなっているが、それも少しすると徐々に狭まってくる。

「どうだ？　いけそうか？」

「うん大丈夫！　もっと降ろしてくれる？」

穴の中は割れ目の両端近くから穂乃香と薫が懐中電灯で照らしてくれているので充分見ることができた。

「えっと、浩二くん？　大丈夫ですか？」

「う、うぅぅ……」

ズリズリと少しずつ下がっていきながら陽斗が声を掛けるが、彼は苦しそうな呻き声を漏らすだけで返事をすることができないようだ。意識も朦朧としているのか、上に挙げられた手の動きも鈍い。

「賢弥くん！　大丈夫だからもっと早く降ろして！」

陽斗が降りていく速度が少し速くなる。そしてようやく挙げられた腕に届く位置まで下がると手に持っていたロープを手早く手首に巻き付ける。

当然このまま引っ張れば鬱血するだろうが丁度良い強さで巻けるほど余裕はないし緩くてすっぽ抜けるよりはマシだろう。

まず右手にロープを巻き終えると、すぐに次のロープを降ろしてもらい左手にも巻く。

本来ならば手首の脱臼などを防ぐためにも両腋を通して胸にもロープを巻きたいのだが生憎その隙間はなさそうだ。

「もう少し降ろして！　うん、掴んだ！　引き上げてください‼　僕が先じゃなくて、一度にお願い‼」

割れ目の奥から響く陽斗の声に賢弥が応える。

「ゆっくりと引いてくれ！」

「速度を合わせろ！　せ～の！」

賢弥の肩に全てのロープが食い込む。

「ぐっ！」

賢弥が全てのロープを肩に掛けているのは真上に引き上げるためだ。そうしないと力が分散してしまうし、何より割れ目から出る瞬間に怪我をしかねない。だがその分吊り上げようとしているふたり分の荷重が賢弥の右肩に掛かる。

挟まっている生徒が動かないのかロープは一向に手繰り寄せられない。

桧林たちがロープを引くのに合わせて賢弥が腰を落とす。そして、全身の力を使って身体を起こした。

「ふんっ！」

その瞬間、これまでの抵抗がなんだったのかと思うほどスルスルとロープが手繰り寄せられ、まずは陽斗の両足が割れ目からニョキッと出てきた。

胴体に結びつけたロープを持っていた壮史朗が両足のロープも受け取って支えているうちにふたりの男子生徒が走り寄って陽斗の身体を支える。そして陽斗が地面に降り立ってからは全員で挟まっていた男子生徒を引き上げた。

陽斗と違い、隙間はギリギリで多少きついくらいだがなんとか引きずり出す。

その直後、生徒会の役員に先導された救急隊員が担架を担いで到着する。スタート地点で待機していた医師や看護師も一緒だ。

「大丈夫ですか!?　要救護者は？」

「今救助しました！　搬送をお願いします！」

桧林が生徒の手首からロープを外しつつ声を張り上げる。

それを聞いた救急隊員が生徒を担架に乗せ、声を掛けながら運んで行く。

男子生徒は意識こそ朦朧としていたようだが手首のロープの跡や顔の擦り傷以外に目立つ外傷はなさそうに見える。すぐに病院に運ばれ治療と検査が行われるだろう。

その後救助に来たものの出番のなかったレスキュー隊員は戻ることなく現場検証を行う。すぐに警察も到着し、遅れて生徒会長の琴乃や雅刀、引率の教師、施設の管理責任者や警備担当者も続々と到着する。

それをぼんやりと見ながら陽斗は荒い息を吐きながら地面にへたり込んでいた。

「陽斗さん、大丈夫ですか？　怪我などはされていませんか？」

穂乃香が心配そうに陽斗を覗き込み、頬の小さな擦り傷や泥で汚れた服を払ってからウエットティッシュで汚れを落としてくれる。

「だ、大丈夫、です。あの、ありがとう」

陽斗は慌てて立ち上がろうとして地面に手をつき、わずかに顔を顰めた。

「陽斗さん？　っ！　手を見せてください」

その表情の変化を穂乃香は見逃さず、ついた方の手を見ようとするが陽斗は慌てて両手を後ろに隠して距離を取る。が、その手は背後から強い力で持ち上げられてしまった。

「爪が剝がれかけてるな。千場を引き上げるときに服を掴んでたようだが、そのときか？」

「け、賢弥くん？　こ、このくらいは大丈夫だから」

摑んだ手を寄せて状態を見た賢弥が眉を顰めると、ワタワタと陽斗がなんでもないアピールをするが当然そんな言葉は聞き入れられることはない。

「陽斗さん、とにかく傷口を洗います。それに他にも傷がないか確認しないといけませんね」

「ロープを縛っていた足首の状態も見た方が良い。武藤か僕が背負った方がよさそうだ」

壮史朗の言葉に、賢弥がヒョイと陽斗を抱え上げる。またもやお姫様抱っこだ。

「あ、あの、僕、歩けるから！　恥ずかしいし」

「やかましい！　とにかく治療が先だ。その後は説教だな」

「え？　あ、あの」

「そうですわね。こんなに心配させたのですからしっかりと反省していただかないといけませんわ」

穂乃香の表情もどことなく不機嫌に見える。

「あ～、陽斗くん、仕方ないから大人しく叱られましょう。うん」

セラにまでトドメをさされて言葉を失う陽斗。

「天宮と鴇之宮は残って警察や会長に状況説明を頼む」

「わかった」

「うん、任せて。手が空いたらボクたちも戻るから。この状態じゃオリエンテーリングは中止だろうしね」

壮史朗と薫が頷くのを確認して賢弥はホテルに向かって歩き出し、その後を穂乃香がついて行く。

待機していた医療班は救助された生徒の治療にあたっているということで、賢弥たちが向かったのはホテルの医務室だ。

あまり知られていないが、ある程度の規模があるリゾートホテルには医務室と常駐の看護師を用意しているところも多い。そこで陽斗は怪我をした指を治療してもらう。

怪我の程度はそれほどでもないので応急処置程度ができれば充分だ。

そして治療が終わって医務室を出た途端、賢弥と穂乃香にロビーへ連れて行かれて始まるお説教。

「やむを得ないとはいえ無茶が過ぎる。確かに他に方法はなかったからあれが最善なのはわかるが、それにしてもお前は自分の身を顧みなさすぎる」

「武藤さんの仰る(おっしゃる)とおりです。陽斗さんはもう少し自分の身を大事にしてください」

賢弥と穂乃香の言葉が陽斗を案じる気持ちからのものであるのがわかるだけに、陽斗はシュンとしながらうなだれるばかりだ。

そんな陽斗に、どういうわけか皇邸（すめらぎ）で警備を担当しているはずの大山（おおやま）までが登場してさらに雷を落としたのだった。

「陽斗さま！」

夕方、山の木々の間に太陽が沈みかけた頃、湖畔の広場でバーベキューが始まった。

結局、薫の予想通りオリエンテーリングは中止となり、急遽（きゅうきょ）ホテルのホールでのレクリエーションに切り替えられた。

会場に散っていた生徒たちはチェックポイントで事情の説明を受け、ホテルに戻されたのだ。

もともと雨が降ったときのために用意されていたので特に不満が漏れることもなかった。

終わり際に施設の管理人からの報告があり、生徒が落ちた割れ目は現場検証の結果、地下にある鍾乳洞（しょうにゅうどう）のような空洞に地面の一部が崩落したことによる陥没らしいということだった。

他に同じような場所がないか早急に施設管理の職員によって調べられることになり、当面は立ち入りが禁止されることになったようだ。

陽斗たちはレクリエーションには参加せず、警察から事情聴取を受けていたのだが、レスキュー隊が到着する前に陽斗が割れ目に潜って救助したことについては少々の注意をされただけでお咎（とが）めはなかった。

というのも落ちた生徒は狭い隙間に胸部が挟まり肺が圧迫されていたらしく、救助が遅れれば呼吸困難で危なかった可能性があったらしい。幸い生徒も全身に擦過傷と顔に打撲傷があった程度で大きな怪我はなかったそうだ。念のため大事を取って一日入院するらしいが。

とにかく騒動もなんとか落ち着いたことで陽斗たちもバーベキューに参加することができた。といっても特にすることがあるわけではなく、片足も少し痛めていた陽斗は用意された椅子に座って料理が届けられるのを待っているだけだ。

普通ならバーベキューといえば参加者が肉や野菜を焼いて賑やかに食べたりするものだが、そこはそれ黎星学園の行事である。

万が一にも食中毒が発生したり火傷などの事故があってはならないので、調理するのはプロの料理人であり、広場に設置されたオープンキッチンの鉄板で焼かれた肉や野菜、パスタ料理やピザ、にぎり寿司やデザートなどを各自が取りにいくスタイルになっている。少なくとも一般的に想像するバーベキューとは似てすらいない。

ちなみに待っている陽斗のそばには穂乃香が片時も目を離さないとばかりに座っている。

「お待たせ～！　いっぱい持ってきたよ」

やがてセラと賢弥、壮史朗がトレーいっぱいに料理を載せて戻ってきた。薫はフルーツの盛り合わせを持ってきたらしい。

肉や野菜はバーベキューらしく串に刺されており、皿に山盛りである。とても6人分とは思えないが賢弥や壮史朗がいるので大丈夫なのだろう。

「あ、ありがとうございます」

「陽斗は身体が小さすぎる。たくさん食え」

賢弥がぶっきらぼうにそう言うと陽斗はクスリと小さく笑う。愛想のない言葉には陽斗に対する優しさが感じられて嬉しかったからだ。

陽斗はホッコリした気持ちで皿に盛られた串に手を伸ばす。と、スイッと皿が遠ざけられてしまった。

「え？」

「その手ではちゃんと食べられません。わたくしが食べさせて差し上げます」

穂乃香がいまだにどこかムスッとした態度で言う。

実際、今の陽斗は両手の指先がテーピングで巻かれた状態だ。

幸い酷い状態ではないので保護しておけば数日で治るだろうが。

とはいえ陽斗にとっては怪我のうちに入らない程度であり、言われるまで気にもしていなかった。

「これくらいなら大丈夫です。痛みもほとんどありませんし。その、食べさせてもらうのは恥

ずかしいですし」

「駄目です！　陽斗さんは自分が傷つくのに無頓着のようですから、これは罰です。少しは恥ずかしい思いをして反省してください」

「あぅぅ……はい」

引く気配のない穂乃香に陽斗が大人しく両手を下げるとようやく満足そうな笑みを浮かべる。

「やはり最初はお肉ですか？　このまま食べられそうです？」

そう言って穂乃香が串を手に取り陽斗の口元に差し出すと、陽斗は顔を赤くしながら小さな口でハムっと一番先端に刺さっていた肉に噛みつき、その動きに合わせて穂乃香が串を引っ張った。

「美味しいですか？」

「はい……」

そんなやり取りを同じテーブルの、少し離れた席から冷めた目で見つめるふたり。

「なんかさぁ、穂乃香さんは陽斗くんの罰とか言ってたけど、自分も見られてるって自覚あるのかなぁ」

「無いだろうな。傍から見るとバカップルがイチャついてるようにしか見えない」

野外懇親会がはじまってから距離感がかなり近くなっているふたりに少々食傷気味なのであ

る。

他の残るふたりはといえば片や我関せずで串焼きに豪快にかぶりつき、片や羨ましそうにジットリとした視線を送っている。

そんな和やかと言えるか微妙な雰囲気は不意に掛けられた声によって中断させられる。

「お食事中ごめんなさい。少しだけよろしいですか？」

周囲のざわめきと共にやってきたのは琴乃と雅刀だ。

琴乃が声を掛けたのは穂乃香に串焼きをアーンされている陽斗と微笑みながらそれをしている穂乃香の方を向いてだったが、その言葉の対象はこの場にいる6人全てに対してのものだ。

琴乃の表情にはいつものように穏やかな笑みが浮かんではいたものの、その目は陽斗が初めて見る真剣な色を帯びて、常に陽斗に向けていた悪戯めいた雰囲気は持っていない。

そんな琴乃の雰囲気を敏感に感じ取った陽斗は脅えたように身をすくませる。同時に背筋を伸ばして気をつけをするように下ろした手が微かに震えているのをすぐそばに居る穂乃香が気づかないはずがない。

数時間前に陽斗の境遇を聞いているとはいえ、穂乃香には何故陽斗がこれほど脅えているのかはわからない。だが、本能的なものか、咄嗟に穂乃香は陽斗の手を優しくそっと握る。

「え？　あ、ほ、穂乃香さん？」

驚いたことで手の震えが止まり、そのことに気づきもしない陽斗は穂乃香に顔を向けた。目に入ったのは優しく、そして力強い眼差し（まなざし）を向ける穂乃香の顔。

それを見て陽斗は気付かれないように大きく息を吐く。

結果として素早い救出になったとはいえ、本来であればレスキュー隊の到着を待ち、そこで改めて協力を申し出て、必要と判断されて初めて救助に加わるというプロセスを経るべきだった。なので陽斗は自分のしたことを誇ることができるなどと考えていないし、叱責されることも覚悟している。

ましてや助けられたのは陽斗ひとりの力などではなく、賢弥をはじめ沢山の人が力を貸してくれたからだ。

ただ、自分の行動のせいで協力してくれた人たちが責められるのは耐えられない。

だから琴乃が陽斗の行動を責めたら素直に謝り、それが賢弥や壮史朗にまで及んだとしたら、止められたのに自分が聞かなかったからだとはっきり言おうと小さな拳を握り締めて決意する。

それに、琴乃たちは陽斗が以前住んでいた家の人たちとは違う。理不尽に暴行を加えるようなことをしたりしない。

そう思い至り、ようやく気持ちを落ち着けた陽斗は立ち上がって琴乃と雅刀の方を向いた。

が、次の琴乃の行動は陽斗の予想とは異なるものだった。

琴乃と雅刀は陽斗たちに対して深々と頭を下げたのだ。

「え？　あの？」

「今日の事故は施設の管理を行っている業者の安全管理の不備と生徒会執行役員の確認不足が原因です。オリエンテーリングに参加した男子生徒を事故に巻き込み、救出しようとした西蓮寺さんたちを危険に晒したこと、心からお詫びいたします」

そう言って頭を上げた琴乃の表情は本当に神妙で、その謝罪は真摯なものだった。

「そ、そんなこと。それにそれを言ったら昨日コースを確認した僕たち役員にも責任があって、その」

「いや、管理されたコースとはいっても自然の山を利用した施設なのだから様々な危険があることを想定しておかなければならなかったはずだ。だから、本来なら執行役員がきちんと役員たちに注意喚起して隅々まで目を行き届かせなければならなかったのに、それを怠ったんだから責任は僕たちにある」

陽斗はどうして良いのか分からず穂乃香に目を向けるも、穂乃香も壮史朗たちも戸惑ったように互いの顔を見合わせていた。

反論するにもとっさに言葉が思いつかず、狼狽えている陽斗の表情に琴乃がフッと表情を和らげる。

「とはいえ、これ以上言葉を重ねても西蓮寺さんや武藤さんを困らせるばかりでしょう。でも、事故が起こったことに対して私たちが責任を感じていることは理解してくださいね」

「あ、はい。僕も役員として反省します」

「……ふぅ。それと、被災した生徒を救出してくださってありがとうございました。皆さんの救助が迅速だったおかげで千場さんは擦過傷と打撲、足の捻挫という軽傷で済んだようです。念のため今日一日は入院することになりましたが」

あくまで自分たちにも責任があるという陽斗の態度に少し苦笑を浮かべたものの琴乃はひとつ息を吐いて、次いで感謝の言葉を続けた。

「あ、あの、僕もごめんなさい。その、勝手な行動をとって、みんなに助けてもらって、だから……」

もともと陽斗はそのことを叱責されると思っていたわけだし、充分に反省もしている。もっとも次に似たようなことが起きた場合に同じ行動を取らないという自信はないわけだが。

だがその陽斗の言葉に琴乃は首を振る。

「西蓮寺さんがすぐに救助のための行動を取ったことに関しては謝罪には及びません。もちろんもっと安全で確実な方法は取れたかもしれませんが、後になってからならなんとでも言えますからね。ただ、ひとつだけ、もし西蓮寺さんが危険な目に遭ったり怪我をしたりすれば悲しんだり心配したりする人が居るということだけは覚えておいてくださいね」

それだけ言うと琴乃は雅刀を伴って戻っていった。

「驚いたな。確かに生徒会主催のイベントだが、とはいっても管理責任は施設側にあるし、学校側の責任者は引率の教員だ。それなのにわざわざ錦小路の令嬢が頭を下げるとは」

「そう、ですわね。琴乃さまは家柄的にも簡単に頭を下げられませんから。それだけ今回のことが問題だと感じているのでしょうか」

「ボクはそうじゃないと思うな。もっと単純に陽斗クンに素直な気持ちを伝えたかっただけじゃないかな。彼を前にすると良くも悪くも外面を繕う気持ちになれないからね。だからこそ姫様も陽斗クンを気に入ってるんだろうね」

壮史朗と穂乃香、薫の3人はそう話すが、賢弥とセラは肩を竦めるに止めていた。

それは琴乃が頭を下げなければならない別の理由もあるからなのだが、それを壮史朗たちに言うことはできない。

「まぁ、陽斗がこれ以上叱られずに済んだということだな。いつまでもクドクド言ってても始まらん」

「そうね。でも！　次に同じようなことをしたら、今度は私からも罰ゲームしてもらうからね」

「うぅ、ごめんなさい」

セラのダメ押しに陽斗は身を縮めて謝ったのだった。

そうして食事を再開させた陽斗たちだったが、しばらくして再び中断することになった。今度声を掛けてきたのはふたりの男子生徒だ。

「あの……」

「あ、えっと、多田宮くんと宝田くん、だったよね？」

陽斗がそう応じると、ふたりはバツが悪そうに頭を掻きながら座っている陽斗の近くまで来ていきなり頭を下げる。

「え？　あの？　え？」

琴乃に続いて突然頭を下げられた陽斗は軽くパニックになる。

「西蓮寺！　これまで君に暴言を吐いたり意地悪をしたりしたこと、本当に申し訳なかった！」

「お、俺も、ゴメン！　反省してる。許してほしい！」

そう言われても陽斗には何のことかさっぱりわからない。すると壮史朗が助け船を出した。

「覚えてないのか？　入学式の日に西蓮寺を貧乏人とか馬鹿にしただろう。その後も何かと嫌味を言っていたし、武藤の話だと校内清掃の日に暴力を振るおうとしたとも聞いたな」

「「…………」」

壮史朗の言葉にふたりは神妙に俯きながら無言で首を縦に振る。

それでようやく陽斗も思い出した。

「あ、あの、僕、全然気にしてないから、えっと」

陽斗は言葉通りまったく気にしていなかったし、そもそも悪く言われているという認識すら薄い。確かに清掃のときは殴られそうになって恐怖を感じたが、そうなる前に賢弥に助けられたので今の今まで忘れていたくらいである。

「俺たちは西蓮寺にあんなことをしたのに、西蓮寺は浩二を助けてくれた」

「俺たちは何もできなくて、それなのに……。改めて、本当にゴメン！　それと、浩二を助けてくれてありがとう！」

「もう二度と西蓮寺を悪く言ったりしない。浩二も西蓮寺が助けてくれたって知って謝りたいって言ってるんだ。もちろんお礼も」

ふたりが口々にそう言うと、ようやく陽斗も理解が及んできたのか嬉しそうな笑みを浮かべた。

元々恨んでいるわけでもなく、嫌われなくなったというだけでも陽斗にとっては充分だ。ただ、どうせなら、と希望を言ってみることにする。

「あの、それじゃあ、僕と友達になってくれる、かな？　僕、学校のことで知らないことがたくさんあるし、色々な人ともっと話がしたいから」

陽斗が要求したのはそんな些細なこと。

逆に驚いたのはふたりの方だ。

「い、いいのか？　意地悪してた俺たちなんかで」

「そりゃ、許してくれるなら俺たちだって西蓮寺と馬鹿話とかしたいけど」

陽斗が頷くと、多田宮英太郎と宝田伸一はようやくホッとした表情を見せた。

「うん！　夏休みが終わってからになっちゃうかもしれないけど、これからよろしくね！」

「お、おう！」

「わかった。その、ありがとうな。今度は浩二も一緒に教室で話しかけるから」

満面の笑みで答えた陽斗に応じたふたりはもう一度頭を下げて立ち去っていった。

「良かったのかい？　そんな簡単に許して。武藤クンが庇ったとはいっても暴力を振るわれそうになったのは事実なんだろう？」

「まったく、人が好いというか、甘いというか」

「まぁそれが陽斗さんの良いところですわね」

「本当に反省してるみたいだし、嫌われたままよりは良いんじゃないかなぁ」

呆れたように苦笑を浮かべる5人を余所に、陽斗は友達が増えることが、それもこれまで陽斗と距離を取っていた同性のクラスメイトが自分を認めてくれたことが心底嬉しそうに笑っていた。

「それでは食事を再開しましょう。さぁ、陽斗さん、次は何をお食べになります?」

「あぅ、ま、まだ続けるの?」

コンコンコン。

ホテルの客室のひとつ。

賢弥に割り当てられた部屋の扉がノックされる。

「天宮か、どうした?」

バーベキューを終えて部屋に戻っていた賢弥が扉を開けると壮史朗が片手にビニール袋を持って立っていた。

陽斗の影響で今でこそそれなりに話すようにはなったが、それでもわざわざ部屋を訪ねてくるほど親しいというわけではない壮史朗の姿に意外そうに片眉を上げる賢弥。しかし逡巡(しゅんじゅん)することなく中に招き入れる。

部屋は普通のツインルームで、賢弥ともうひとりのクラスメイトに割り当てられているが同室の男子はどこかへ遊びに行っているらしく不在だ。

「とりあえずガーゼと包帯、傷薬と湿布を買ってきてもらった」

そういって壮史朗が差し出した有名ドラッグストアのロゴが入ったビニール袋には、言葉通りいくつかの衛生用品が入っている。

「何だこれは？」

「肩、ふたり分の重量が掛かったロープが食い込んだんだ。怪我してるんだろう？」

壮史朗の言葉に賢弥がピクリと眉を動かす。

今の賢弥の服装はTシャツにジャージというラフな格好だが、陽斗たちを吊り上げたときにロープを掛けていた肩の様子はさすがに見ることができない。

「シャツを脱げよ。素人だが片手でやるよりはマシだろう？」

確信があるかのような壮史朗に賢弥はひとつ溜息（ためいき）を吐いてTシャツを脱いで椅子に座る。

鍛え上げられた肩回りの右側、肩峰（けんぽう）の内側は赤黒く痣（あざ）になっており、痣の中央部分は擦り切れて血が滲（にじ）んだ跡があった。

「随分と無茶をしたな」

「陽斗ほどじゃない。見た目ほど痛みは無いしすぐに治る」

壮史朗が手早く擦り傷をウエットティッシュで綺麗（きれい）にすると薬を塗り込みガーゼを貼り付ける。包帯は大仰過ぎるということでガーゼをテープで固定しただけだ。

「それで？　どうしたんだ？」

手当を終えて新しいTシャツに着替えた賢弥が壮史朗にそう訊ねる。

「……何がだ？」

「俺のところに来たのは何か言いたいことがあったからだろう」

「……言いたいこと、というか、気になったこと、だな。西蓮寺が何者か、武藤は知っているんじゃないか？」

陽斗に対する賢弥の態度や言葉からそう感じたのだ。

壮史朗から見て陽斗は酷く歪な存在だ。

底抜けの人の好さと穏やかさ。芯の強さをもっていると思いきや、酷く不安定で今回のように向こう見ずな部分もある。

家名である西蓮寺は耳にした記憶はないのだが、その割に迎えの車や護衛の警備員、使用人などを見れば相当な資産家であることは間違いない。幼い頃から国内の有力な家柄をある程度学んでいる壮史朗からすれば奇妙な話である。

さらには育ちの良さそうな大らかさの反面、明らかな虐待痕が今もなお身体に刻まれている。

どうにもちぐはぐで壮史朗としては落ち着かないのだ。

「知っている。が、俺の口から言うことはできん。だがおそらくそう遠くないうちに陽斗自身が話すだろうさ。俺も直接聞いたわけじゃないしな」

「そう、か。それなら仕方がないな。まぁ、僕は別に西蓮寺がどんな家の人間だろうと気にしていないけどな。ただちょっと気になっただけだ」

明らかにそれだけではなさそうな表情の壮史朗だったが、賢弥はそれ以上踏み込むことはしなかった。

第四話　貴臣の企み

バーベキュー後の生徒会役員のミーティングも終えてホテルに戻った穂乃香は陽斗と別れ、着替えを持って大浴場に向かっていた。

その足取りは軽く、表情は明るい。というか、今にも鼻歌がこぼれそうなほどご機嫌である。この日の役割から解放されたことというよりも、陽斗や気の置けない友人と楽しい食事をしたからという理由が大きいだろう。

だがそれも、不意に掛けられた声で途端に霧散してしまうことになった。

「よぉ穂乃香ぁ。随分と大変だったみてぇだなぁ」

「…………何か御用かしら、桐生先輩？」

つい先程までの浮き立つような感情が一気に奈落まで落ちたかのように硬い声で穂乃香は目の前でニヤついた表情を浮かべる貴臣に応じた。彼の後ろにはいつものように取り巻きのごとき仲間がふたり立っている。

以前の騒動で悪評が立ち他の生徒からは遠巻きにされることが多くなった貴臣だが、それでも桐生の名は大きいのか、いまだに付き合っている友人たちはそれなりに多い。

ぶしつけに声を掛けられ、一転して不機嫌そうな表情に変わった穂乃香に、貴臣はわずかに眉をひそめて小さく舌打ちする。が、すぐに嫌らしい笑みに戻って言葉を続ける。

「いつもくっついてる金魚の糞みてぇなガキは一緒じゃねぇのか？」

その言いように、穂乃香の顔にはっきりとした怒りが浮かぶが貴臣は気にする様子もない。

「陽斗さんをそのように言うのは止めてください。彼とはわたくしが望んで一緒に居るのです」

「あんな頼りない小学生みたいな奴のどこが良いんだよ。聞いたこともない家の、しかも何の取り柄もなさそうなガキじゃねぇか。俺は桐生グループの跡取りだぜ？　将来性は抜群だし浮気だってしねぇ」

確かに貴臣は態度や性格については評判が悪いものの不思議なことに異性関係だけは浮ついた話が流れたことがない。もちろん知られていないところでしているのかもしれないが、少なくとも噂にならない程度には節制しているのだろう。

これは貴臣が穂乃香に本気で好意を持っているという証左ではあるのだが、だからといってその点だけで穂乃香が惹かれるわけがない。

「貴方が浮気をするかしないかなんて、わたくしには関係ありません。桐生グループの跡取りであることもです。それに、陽斗さんはその人柄、精神力、いざというときの決断力や実行力が素晴らしい方ですわ。貴方のように立場の弱い人を見下したり横暴な態度を取ったりするような方と比較するなんて彼に対して失礼です」

ピシャリと言ってのけた穂乃香の言葉にさすがに抑えてきた本来の性格が顔をのぞかせる。

「なんだと？　黙って聞いてりゃあ」

「どこが黙って聞いているのかわかりませんわね。とにかく、わたくしは貴方とお付き合いするつもりはありませんし、これ以上つきまとわれるのは迷惑です」

普段なら穂乃香もここまで直接的な言い方をせず、もう少し相手に配慮するだろうが、ただでさえ陽斗たちと過ごして気分が良かっただけにどうしても険のある言い方になる。

それにこれまで幾度も遠回しに拒絶の意思を伝えていたにもかかわらず、貴臣は一向に穂乃香に絡むのを止めようとしないという事情もあった。結果、これまでになく誤解のしようがないほど明確な拒否をすることになった。

とはいえ男性相手に、それも複数に囲まれながらもここまで強気に言い返すことができるのはここがホテルの中だからだ。一般客は居ないがそれでもいつ他の生徒が通りかかってもおかしくないし、警備の人たちも巡回しているはずだ。大声を出せばたちまち人が集まってくることだろう。

だが当然それに納得できないのが貴臣だ。

穂乃香に向ける視線が途端に剣呑なものになる。

「穂乃香、てめぇ、あんま調子に乗るんじゃねぇぞ」

「名前で呼ばないでくださいと何度言ったら理解していただけるのかしら。痛っ‼」

とうとう感情を抑えきれなくなった貴臣が穂乃香の腕を掴み、穂乃香の顔が痛みに歪む。

「は、放してください！」

突然の暴挙に動揺しつつも穂乃香はキッと睨みつけた。だが結果としてそれがさらに貴臣の感情を逆なでする。

「口で言っても分からねぇなら身体に教えてやっても良いんだぜ。おい！　誰も近づかないように見張ってろ！」

「き、桐生さん、ここじゃャマズいですって！」

「時間はかけねぇよ。ちょっと生意気が過ぎる女に自分の身の程を分からせるだけだからな」

いつ誰が通るか分からないホテルの廊下だ。取り巻きの男子は慌てるが感情的になった貴臣は取り合おうとしない。

返事を聞くこともせずに穂乃香の腕を強く引っ張ろうとする。が、穂乃香が抵抗するまでもなく、割り込んだ影が掴んだ手を捻り上げた。

「チッ！　なんだテメェ！」

咄嗟に貴臣が振りほどくと相手は抗うことなくあっさりと距離を取る。

「女の子に乱暴するなんて躾がなってないわね。お金と権力を持ってても人格が伴わなきゃモテるわけないって気づかない？」

「せ、セラさん!?」

穂乃香が驚いた声を上げる。

セラは緊迫した空気にそぐわない明るい表情で穂乃香に向かって手をヒラヒラ振りつつ、さりげなく身体を貴臣との間に割り込ませて彼女を背中に庇う。

「テメェ、最近あのガキと一緒に穂乃香にまとわりついてる女だな？　関係ない奴は引っ込んでろ！」

恫喝するような言葉にもセラはひるむことなく、むしろいつもの快活な表情のまま呆れたように首を振った。

「関係ないって言ったら、そもそも穂乃香さんと桐生センパイが無関係なんじゃないの？やってることは控えめに言っても質の悪いストーカーだよ。ねぇ、薫ちゃん？」

「本当だね。中等部の頃から何年も嫌われてるんだからいい加減諦めれば良いと思うんだけど、しつこいのは桐生家の血筋なのかな」

今度は貴臣の背後から掛けられた声に振り向くと、薫が数人の警備員を伴って立っていた。

貴臣は舌打ちしただけだったが、仲間のふたりはあからさまに動揺する。

「まだゴチャゴチャ言うつもり？　いくら正規の学校行事じゃないっていっても報告はいくんだから止めた方が良いと思うわよ。それとこれ以上穂乃香さんにつきまとうのもね。それとも力で黙らせてみる？　賢弥ほどじゃないけど私も子供の頃から道場に通ってるから相手してあげられるけど？」

挑発するように言うセラを貴臣が睨みつける。だがさすがにこの場でこれ以上揉めるのは得策ではないことはわかる。

「フンッ、まぁ今日のところは退散してやるよ。けど諦めると思うなよ。俺は欲しいものは絶対に手に入れる。覚えておくんだな」

最後まで虚勢を張り続けているのはある意味立派だと言えるのかもしれないが、セラと薫は顔を見合わせ、呆れを込めて肩をすくめる。

「セラさん、ありがとうございました。助かりましたわ。でもどうしてここに？　食べ過ぎたから休憩すると言っていたのでは」

頭を下げながらも疑問を口にする穂乃香。彼女たちがそう言っていたので安心して大浴場に向かったのだ。

その問いにセラと薫が悪戯っぽく笑みを見せる。

「貴重な機会なんだからまた穂乃香さんと一緒にお風呂入ろうと、ね？」

「そうそう、部屋に行ったら同室の娘が穂乃香クンが着替えを持って出たって教えてくれたから捜してたんだ」

それを聞いて穂乃香の顔が引きつる。

「い、いいえ、わたくしはできればひとりでゆっくりと入りたいので」

「え〜！　せっかく泊まりなんだからお風呂も楽しい方が良いじゃない」

「そう言ってまたわたくしを玩具にするつもりでしょう！　あ、あんなにわたくしの胸を……」

思わず口走りかけて顔を真っ赤にしながら黙る。

どうやら前日に彼女たちと一緒に入ったとき、さんざんな目に遭ったらしい。より気安い関係になれたとも言えるのかもしれないが。

「と、とにかく、ひとりで行きますのでついてこないでください」

「そんな冷たいことを言わないでくれないかい？　昨日はちょっとやり過ぎたとボクも思ってるから。もう勝手に触ったりしないから、ね？」

「目つきがイヤらしいのでダメです！」

そう言い放って穂乃香は走っていってしまった。

「あ〜残念」

「すっかり警戒されてしまったね。すこしからかいすぎたよ。あ、警備員さん、ありがとうございました」

微笑(ほほえ)ましいものを見るかのように立っていた警備員に薫は頭を下げる。

「いえ、何かあったらいつでも声を掛けてください。それと、念のためホテル内の巡回を増やしますので安心して残りの時間を楽しんでください」

そういって去って行く彼等を見送り、セラと薫は笑みを交わして大浴場に足を向けた。


「お帰りなさいませ」

都内の実家に帰った貴臣は出迎えた家政婦に返事をすることなく手に持っていたバッグを投げつける。

40代半ばくらいの彼女はとっさに受け取ることができず、バッグを床に落としてしまうが、表情を変えることなく拾い直し頭を下げる。おそらく普段からそういう態度で接しているのだろう。挨拶の声音も平坦(へいたん)で雇用主の家族に向けているとは思えないほどだ。

「親父(おやじ)は?」

「外出中ですが、まもなくお戻りになるかと」

「ふん！　部屋にいるから親父が帰ってきたら知らせに来い」

貴臣はそう言い捨てると自室に向かう。

生徒会主催の野外懇親会を終えた翌日。

貴臣は学校近くに借りている通学用の家からこの実家に戻ってきた。

都心にある超高層マンションの最上階で、広さは普通の10倍はあろうかという豪奢なものだ。

マンション自体桐生家が所有するものではあるが。

部屋に入った貴臣は苛立たしげにどっかりとソファーに座り込む。

「クソが！　錦小路の雌豚が調子に乗りやがって」

そう吐き捨てたのは先日のホテルでの所業を、野外懇親会が終わった後のミーティングで咎められたからである。

穂乃香が琴乃に話したわけではなかったが、薫が連れてきた警備員が報告していたらしい。

野外懇親会の準備や運営でも貴臣がサボりまくっていたことも併せて叱責を受けた。

しかも他の役員が集まっている場所でということで無駄に高いプライドを大層傷つけられたというわけだ。

だが自信過剰な貴臣であっても、国内で三指に入るほどの家柄である錦小路家を相手に喧嘩はできないということはわかっている。腹は立っても呑み込むしかない。

「だがどうせ奴が会長でいるのはあと3カ月。問題はその後だが……」

気を取り直して考えを巡らせる。

琴乃が生徒会長という役職でいられるのは会長選挙と引き継ぎが終わる10月末まで。その後は錦小路家令嬢としての威光はあれど、学園での権限は一般生徒と同じだ。そうなれば何を言われようが貴臣が従う義務はない。

しかし、このまま何もせずにいれば後任は現副会長である鷹司(たかつかさ)雅刀が信任されるだろう。琴乃と個人的に親しく、今の路線を継承する方針の雅刀が会長になってしまえば、貴臣にとって今よりももっと立場が悪くなることが予想出来る。

そうならないために手を打たなければならない。

そんな風に考え込んでいるうちにそれなりに時間が経(た)っていたらしく、父親が帰宅したという家政婦の声で我に返る。

「お帰り、親父」

「貴臣、帰ってきてたのか」

「ついさっきだけどな」

貴臣が声を掛けたのは40代後半くらいの気難しそうな顔をした小太りの男だ。

桐生宗臣(むねおみ)。貴臣の父親にして桐生グループの会長を務めているのだが、強引な経営手法や非合法すれすれの取引、社員へのブラックすぎる勤務体系、取引企業への値下げ強要など様々な悪評があり財界での評判は悪い。

「学園はどうだ？」

「相変わらず錦小路が幅をきかせてやがるからイラついてるよ。他にもムカつく奴も多いしな」

「やはり全国の名家が集まれば一筋縄ではいかんか。だがあの学園での人脈は将来重要になる。できる限り取り込め」

「わかってるよ。けど、邪魔する奴をなんとか排除しなきゃ思うように動けねぇんだ。だから親父に頼みがある」

貴臣がそう言うと、宗臣が片眉を上げて身を乗り出す。

「ふん、少々のことなら勝手にするお前が私に頼むくらいだ。幾ら使いたいんだ？」

「もちろん金も必要だけど、ウチの取引先や下請けに圧力を掛けたいんだよ」

「何をしようとしている？」

「休み明けに生徒会長の選挙がある。ウチが手を出すとリスクのある家は放っておいて、小せぇ家の連中を抱き込むんだよ。錦小路だろうが天宮（あまみや）だろうが、結局のところ票はひとりに一票だ。直接つながりがある家なんざごく一部にすぎねぇ。他の連中が持ってる票を金と圧力でかき集めりゃ勝てる。あの学校の生徒会長は結構な権限があるからな。やり過ぎなきゃそれなりに影響力を行使できるはずだ」

考えることがすでに高校生離れしている。もちろん悪い意味でだが。

「そう上手くいくか？　お前がそうすれば錦小路も妨害しようとするだろう」

「大多数の生徒にとっちゃ会長なんざ誰がなったって構わねぇんだよ。自分に不利益がなきゃな。だったら逆に利益になるほうに票を入れたって構わないってことだろ。ひとり10万もばら撒きゃこっちに転ぶさ。錦小路の家がどれほど権力をもってようが、あの女は性格的に正攻法で説得するくらいしかできないだろうよ」

貴臣の言葉に満足そうに頷く宗臣。

おそらく同じような思考なのだろう。発想が桐生グループを大きくした宗臣そっくりだ。黎星学園の生徒は６０００人弱。貴臣が言ったように生徒ひとりに10万もの金額を配るとなれば、過半数だけでも３０００万円が必要となる計算だ。たかが学生の校内選挙でそんな金額を買収に使おうという発想自体が異常だ。

「良いだろう。好きにしろ。ただし、グループに悪影響を及ぼすようなことはするなよ。それに、もしお前が想定しているよりも錦小路が妨害をするようなら知らせるんだ」

「わかった」

(待ってろよ穂乃香ぁ。搦め手を使ってでも絶対に手に入れてやる。焦らず、急がず、必ず追い詰めてみせる。逃げ場を無くして、そうすれば……)

貴臣は脳裏に穂乃香の姿を浮かべながら具体的な計画を考え始めていた。

「おい！　先月よりも売り上げが下がってるじゃないか！　どうなってるんだ、やる気あるのか！」

営業部のデスクに部長の怒声が響く。

怒鳴られた若い男性社員がそれ以上の怒りを買わないように必死に頭を下げる。

「ノルマが達成できなかったらどうなるかわかってるんだろうな！　貴様の代わりなんていくらでもいるんだ」

「すいません、なんとか月末までには達成できるように頑張ります」

ほぼ無理だとはわかっていてもそう答えるしかない。

だが部長の怒声はまだ終わる気配がない。男からすればこの時間自体が無駄でしかなく、さっさと営業に回りたいくらいなのだ。

延々と続いた無意味な説教という名の罵声が終わったのは1時間近くも経ってからだ。

「お疲れさん、大丈夫か？」

「ああ、途中からは聞いてなかったしな。頭の中で昔読んだ格闘漫画を思い出してたさ」

同僚と冗談めかして笑い合う。

「ったく、あのハゲも文句言うくらいなら自分も仕事しろっての。部下を怒鳴るのが仕事だとでも思ってるのかよ」

「能力も実績もないのにゴマすりだけで出世したって話だからな。それしかできないんだろうよ。まぁ、こっちはパワハラの証拠集めが楽で良いけどな」

そう言って胸ポケットからICレコーダーをチラリと見せて意地の悪い笑みを浮かべる社員。

あの部長の人望の程度がよくわかる光景だ。

「けど実際この先も辞めずにいる自信はないな。っていうか、大手企業じゃなきゃとっくに辞めてるよこんな会社」

「だな。給料が悪くないのだけが取り柄だからな。といっても他より少し多いレベルだけど」

「ここだけの話、俺も転職先探してるんだ。結婚したばっかだから少し迷ってるんだけどさ。聞いた話、この部署だけでも同じこと考えてる奴何人もいるみたいだぜ」

男が声を潜めて言う。

「けどさぁ、ここのところちょっと変じゃないか？」

「変って、何がだ？」

「なんか、取引先が最近どうにもよそよそしいっていうか、素っ気ないんだよな」

「お前のところもか？　実は俺もそんな気はしてたんだよ。ひょっとしたら俺が何かしちゃったのかとも思ってたんだけど」

「ああ、それも一社だけじゃなくて何社もだ。新規提案の反応も悪いし、どういうわけか継続発注も減ってるんだ」

「……マジでそろそろ潮時かもしれないな。ただでさえ結構悪評広がってるみたいだし、行政の監査入るんじゃないかって噂も聞いたぞ」

　同僚の言葉に難しい顔で黙り込む男。

「そのうち外で迂闊（うかつ）に会社名言えなくなるかもな」

「転職サイトの登録先、増やすことにするわ」

　男たちはそう言って大きな溜息（ためいき）を吐くと、鞄（かばん）を手にオフィスを出ていった。

第五話　大叔母

皇家の厨房にあるガスオーブンの前で陽斗は楽しそうに中を覗き込む。その様子はまさにご機嫌といった感じで、鼻歌までが聞こえてきそうなほどだ。

厨房の中にいるのは陽斗ひとりだけであり、作業台の上にはボウルやハンドミキサーなどが雑然と置かれている。

そうこうしているうちにタイマーのベルが鳴り、陽斗がオーブンを開くと周囲に甘い匂いが立ち込めた。

ミトンをはめた小さな手で慎重に中から器を取り出す。

縁が波形になった白い陶器製のパイ皿だ。

直径は30センチ近くある大型の物で、中には香ばしい焼き目のついた生地に所々赤い果実がちりばめられた愛らしい焼き菓子が入っている。

陽斗はオーブンから取り出したそれを作業台に載せて粗熱をとっている間に使った道具を洗い始める。道具の扱いは丁寧で、派手な音をたてることなく綺麗に洗う。

洗い終えた道具類は清潔な布巾で拭いて、元あった場所に戻す。

一連の動作は手慣れており、これまでにも何度も繰り返していることが見て取れる。

最後に粗熱の取れた焼き菓子に粉砂糖を振りかけ、作業台を綺麗にして全ての作業が終了した。

「できた！」

満足そうに笑みを浮かべる陽斗。

と、厨房の入口から声が響いてくる。

「陽斗さま、出来上がりました？」

あまりにできすぎたタイミングに陽斗はクスッと小さく笑うと、その声に答える。

もちろんタイミングが良いのは厨房のすぐ外側で見つからないよう、気をつけつつ数人のメイドが陽斗のことを見ていたからであり、その理由は、万が一陽斗が火傷(やけど)などをしたりしたときにすぐに手当ができるようにである。その証拠に彼女たちの手にあるのは救急箱や消火器などだ。

「う、うん。えっと、今日も味見をお願いできますか？」

陽斗のやや遠慮気味な言葉に、せっかく身を隠していた他のメイドたちも歓声を上げてしまう。これには陽斗も苦笑いだ。

もっとも、陽斗が自室以外のどこに居ても誰かしらが近くに居ることにいいかげん慣れてきたのでそれを不快に思うことはない。

陽斗は料理部に入ってから初めて料理を作る楽しさを知ることになった。

皇家に来るまで陽斗は日常的に料理を作っていたが、それは家事をすることを強制されていたからだ。それ以外でも新聞販売店の社長たちや小学校時代には友人の家で料理を作ることはあったが、それは日頃のお礼としての意味合いが強く、作ることの喜びを感じることはなかった。

しかし、料理部での活動、その練習として屋敷の厨房で料理を作り、それを重斗やメイドたちに食べてもらうようになってから、すっかり料理が趣味になってしまう。

といっても通常の食事メニューはさすがに屋敷の料理人たちが作るのでそこに割り込むのは失礼だと考え、主にお菓子を作ることが多い。

特に夏休みに入ってからは時間を持て余し気味なので、2日に一度くらいの頻度で昼食後の厨房が空いた時間に使わせてもらっている。

陽斗がお菓子を作るようになってから、皇家の厨房には様々な食材が常にたっぷりと用意されているので、材料だけでいえばどんなお菓子でも作ることが可能だ。そんなわけでこの日もレシピ本で見つけた見た目が綺麗な焼き菓子にチャレンジしたというわけだ。

そして作った料理や菓子は重斗や使用人たちに振る舞われるのも恒例となり、使用人たちの間ではお相伴（しょうばん）にあずかるためのくじ引きが毎回行われている。

陽斗とメイドの裕美、正月に陽斗の着付けを担当した加奈子、それからおちゃらけ弁護士メイドの彩音の4人が食堂に移動してお茶の準備を始める。どうやら今日のくじ引き結果はこの3人と警備担当数人らしい。

彼女たちは陽斗と共に、警備担当たちには後で加奈子が届けるということになっているそうだ。

今回陽斗が作ったのはフランスのリムーザン地方の伝統菓子であるクラフティ。型にタルト生地を敷いて中にサクランボやベリー類を並べる。そして卵、牛乳、生クリーム、砂糖、小麦粉を混ぜた生地で覆って焼き上げた、果物入りカスタードプディングのような菓子だ。

裕美がクラフティを切り分けて皿に載せて配り、加奈子が紅茶を淹れる。そして真っ先にクラフティを口に運んだのは予想通り彩音である。

「ん〜！　美味しい！　陽斗さま、作る度に上手になっていきますね。これなんかお店で売ってたら買っちゃいますよ」

「あはは、あ、ありがとう。でもちょっと焦げちゃったけど」

「私はこのくらい焦げ目が付いてる方が美味しそうで好きです！　というか、陽斗さまの作ったお菓子なら給料全部つぎ込みます！」

「太るわよ」

女性が3人いるのでやっぱり姦しい。

陽斗もこの屋敷に来て半年以上経っているので、いいかげんこういった雰囲気には慣れてきたし、そもそも賑やかなのは嫌いではない。自分が加わることはあまりないが、楽しそうにしている人たちを見るのが好きなのだ。

やり取りをニコニコしながら見つつ、自分の作ったクラフティを口に運ぶ。

本場ではブラックチェリーを使うのだが、北海道産の紅秀峰が用意されていたのでそれを使った。かなりの高級品だが陽斗にその自覚はない。期待以上の出来に陽斗の顔も綻ぶ。

見た目はプロが作った物ほど美麗ではないが、それでも素人の高校生が作ったと考えれば充分な出来栄えだろう。

（次は何を作ろうかなぁ。これまでに作ったのをもっと工夫してみるか、それとも少し難しそうなのを作ってみるのもいいかも）

陽斗がそんなことを考えながら紅茶の香りを楽しんでいると、急に食堂の外の玄関に通じる廊下が騒がしくなる。

「ん？　何でしょうか。見てきますね」

彩音がそう言って席を立つ。

そして食堂の扉に手を掛けた瞬間、扉が勢いよく外側に開かれた。

「陽斗はここにいるの!?」

直後響いた声と共に姿を現した女性。

年齢は40代後半くらいだと思われるが、整った目鼻立ちに浅黒く焼けた肌で、どことなく年齢不詳な若々しさがある。

「「桜子様!?」」

彩音たちがその女性を見て驚いた声を上げる。だが当然陽斗にその女性が分かるはずもなく、キョトンと首を傾げるばかり。自分の名前を叫んでいたが、その理由が想像つかないので反応することができないのだ。

桜子と呼ばれた女性が食堂を見回し、陽斗と目が合う。

しばしの間見つめ合うことになるが、桜子は不思議そうな表情をしていた。

(……なんでこの家に子供が？　背格好からすると小学生くらいだけど。でも、どこかで見たことがあるような)

内心の疑問が顔にも表れている。だが、やがてひとつの可能性に思い至り、徐々にその表情が驚きに変わっていく。

「えっと、間違っていたらごめんなさいね。もしかして、貴方、陽斗、なの？」

まるで答えを聞くのを恐がっているかのような、おずおずとした問い。

「は、はい。ぼ、僕は陽斗、です」

陽斗はここでようやく桜子が食堂に入ってきたときに呼んだ名が自分のことだと認識して席を立ち、頭を下げる。

「そ、そう。え、でも、陽斗はもう高校生くらいのはずじゃ」

陽斗が答えたことで桜子はさらに混乱してしまう。

そこでようやく我に返ったらしい彩音が助け船を出した。

「桜子様、その方は間違いなく陽斗さまです。DNA検査もしましたし、旦那様も認めております。事情は色々ありますが、年齢も15歳で黎星(れいせい)学園高等部の1年生です」

以前より面識があり、彩音の本職が弁護士であることも知っている桜子は、ようやく信じる気になったのか、改めて陽斗の顔をジッと見つめる。

「本当、なのね。……確かに葵(あおい)ちゃんの面影がある。というか、彼女の子供の頃そっくりだわ」

言いながら桜子は陽斗に近づき、おもむろに抱きしめた。

「え？　あ、あの？」

「良かった。手紙で陽斗が生きていたと書かれていたから急いで帰ってきたけど、ようやく会えたわ……」

桜子の腕の中で陽斗は固まったままである。

以前祖父の重斗には妹が居ることは聞いていた。彩音の言葉や母のことを名前で呼んでいたことから目の前の女性がその人であることはなんとなく察しているが、とっさにどんな態度を取ったらいいのかわからない。

「さ、桜子様、陽斗さまが困っておられますので一旦説明をしたいのですが」

「ああ、ごめんなさい。そうね、驚くわよね。コホン。私の名前は〝皇 桜子〟。陽斗のお祖父さん、重斗の妹よ。だから陽斗から見ると大叔母にあたるわね」

「え、あ、はい。ぼ、僕は西蓮寺、陽斗、です」

自己紹介を受けて陽斗は慌てて気をつけをして頭を下げる。しかし疑問が顔に出ていたらしく、桜子は眉を顰めた。

「どうかした？」

「えっと、お祖父ちゃんの妹って聞いて、その、もっと、あの、お婆ちゃんみたいな人かなって思ってて、あの、だけど、想像よりずっと若くて綺麗な人だったから……むぎゅ」

言葉の途中で再び強く抱きしめられる陽斗。もちろん先ほどの言葉はお世辞や社交辞令ではなく心からの言葉だったのだが、それがわかるだけに感極まったのだろう。

「な、なんて可愛くて良い子なの!!」

見た目からは想像もつかないほどの力で頭を抱き寄せられる。

ただでさえ非力な上に、年配の女性相手に暴れるわけにもいかず、窒息寸前な陽斗を救ったのは凛とした声だった。

「桜子さん！　陽斗さまが苦しがっています。放しなさい！」

直後、陽斗の顔が解放され、酸素を求めて大きく深呼吸を繰り返す。

「あ、ひ、比佐ちゃん、ご、ごめん」

先程までの勢いはどこへやら、メイド長である比佐子に腕を摑まれてバツが悪そうに項垂れる桜子。

「まったく、貴女は！　手紙を送ったのは半年以上前だというのに、今までどこで何をしていたのですか！　どうせ旦那様の説教が書かれていると思い込んで放置していたんでしょう？」

目を吊り上げて説教モードになっている比佐子の前で、何故だか正座している桜子。

唖然として成り行きを見るしかできない陽斗の眼前で、しばらくの間、比佐子の叱責の声が食堂に響いていた。

「コホン、仕事の関係で海外にいることが多くて、あまりこっちとは連絡を取っていなかったから戻ってくるのが遅くなってしまったの。前に陽斗に会ったのはまだ生まれたばかりだった頃よ。母親の葵ちゃんとは姉妹のように仲良くしていたわ」

比佐子の説教から解放された桜子は、リビングに場所を変えて改めて陽斗に語りかけた。

「…………」

「比佐ちゃんとは昔からの付き合いでね、私の方が年上だけど、色々と叱られることが多くて、口うるさいのは全然変わらないのよね」

「桜子さんがあちこちで騒動を起こすからでしょう？　どれほど私がほうぼうに頭を下げて回ったことか。旦那様からも桜子さんを甘やかさないようにと言われておりますので」

珍しく共にリビングのソファーに腰を落ち着けた比佐子が呆(あき)れたように溜息(ためいき)を吐き、実情を暴露する。

桜子は重斗と兄妹といっても年はかなり離れていて、むしろ比佐子に近い。なので、昔から自由人気質であった桜子のフォローを彼女がしていたらしい。

「た、確かに若い頃はすこしだけ迷惑を掛けた記憶があるけど、そこまで言わなくても良いじゃない」

「挙げ句の果てに旦那様の会社のひとつを任されていたというのに、突然カメラマンになるとか言ってアフリカに行ったかと思えば、ろくに連絡も寄越(よこ)さずに飛び回って。旦那様がどれだけ心配したと思っているんですか」

比佐子の口から次々に語られる型破りな行動の数々。せっかく説教が終わったというのに再び小さくなる羽目に陥った桜子である。

「わ、わかった、わかったから！　私の大叔母としての威厳がなくなるからそれ以上は言わないで！」

もはや手遅れと思わないでもないが、仕方なしに比佐子はそれ以上の追及を止めて手ずから淹れた紅茶に口をつける。

「あ、あの……」

陽斗がおずおずと声を上げる。

「あ、ごめんなさいね陽斗。比佐ちゃんとは昔からこんな感じで頭が上がらないのよ。兄さんも私よりも比佐ちゃんの方を信頼しているし」

「えっと、そ、それより、いつまでこうしてれば」

バツが悪そうに言い訳している桜子に、陽斗は率直な疑問をようやく口にする。

今の陽斗の状態はというと、何故かソファーに座る桜子の膝の上に座り、後ろから抱きかかえられている。

見た目は小学生でもれっきとした高校生男子である。女盛りにすら見えるはつらつとした美しい女性に幼子のように抱きかかえられるというのは、思春期の男の子にとっては恥ずかしさしかない。……一部の人にはご褒美かもしれないが。

「もうちょっとだけ！　行方不明になってた陽斗にようやく会えたと思ったらこんなに可愛ら

しい男の子だったんだもの。これまで構えなかった分、たっぷりと堪能したいのよ」

「あぅ……」

顔を真っ赤にして困っている陽斗を見かねて比佐子が窘める。

「桜子さん、ここでは陽斗さまの意思が最優先です。これ以上陽斗さまを困らせるなら叩き出しますよ」

「もうっ！　雇い主の身内に対して辛辣過ぎよ」

不平の声を上げながらも、言葉通り比佐子の言葉には逆らえないのか、大人しく陽斗を解放する桜子。もっとも、最後にもう一度ギュッと抱きしめるのを忘れなかったが。

桜子の膝を降りた陽斗は比佐子の隣に座る。

余程桜子の勢いに押されて驚いたのか、こころなしか比佐子に近い位置である。無意識に守ってくれそうな雰囲気を感じていたのかもしれない。

その様子を見て桜子が年甲斐もなく頬を膨らませる。

年齢の定義から言えば中年や初老と呼ばれる歳のはずだが、表情といい見た目といい違和感がない。

「あ、あの、海外で仕事をされていたんですか？」

自分の行動で誰かが不機嫌になるというのが苦手な陽斗は、なんとか空気を変えようと桜子に話を振る。すると、興味を持たれたのが嬉しかったのか、桜子はパッと表情を明るくした。

「ええそうよ。私はカメラマンをしているの。被写体は小動物や昆虫がメインね。これでも科学誌に写真が使われたり写真集を出したりして、そこそこ名前が知られているのよ」

「それは本当ですよ。陽斗さまの書庫にも写真集があるはずです。名前はペンネームで、本名ではありませんが」

自慢気に胸を反らす桜子に、陽斗は純粋な賞賛の視線を向ける。

陽斗は小説も好きだが写真集を見るのも大好きだ。行ったことのない風景や、可愛らしい動物、綺麗な生き物の写真をワクワクしながらいつも眺めている。

陽斗が「見てみたいです！　探してきます」と言うのを制止し、比佐子がメイドに指示して持ってこさせる。待っている間、ソワソワと落ち着きのない仕草を見せる陽斗に、桜子と比佐子がなにやら顔を伏せてプルプルしているが、当然そんなことに気付くはずもない。

「わぁ～！　すごく綺麗」

やがて届けられた数冊の写真集を前に陽斗が感嘆の声を上げる。

桜子が言った通り、アフリカや中央アジア、南米などに生息する小動物の写真が美麗な印刷で再現されている。

どれも自然そのままの、それでいて精細な美しい写真。これを見ると桜子が相当な写真家であることが察せられる。

眼(め)をキラキラさせながら食い入るように写真を見つめる陽斗の姿に、桜子はどこか恥ずかしそうに視線を彷徨(さまよ)わせる。こうまで純粋に自分の写真を目の前で見られるというのは彼女としてもやはり照れるらしい。

「どうかしら？　自分ではそれなりに自信のある写真ばかりなのよ」

放っておけばいつまででも見続けそうな陽斗は、声を掛けられてようやく我に返る。が、その瞳は輝いたままで、まるで楽しさのあまり尻尾をブンブン振る仔犬(こいぬ)のようだった。

「すごいです！　ずっと見ていたいくらいです‼」

身を乗り出さんばかりに賛辞を贈る陽斗。

「ねぇ比佐ちゃん、今夜は陽斗を抱きしめて眠りたいんだけど」

「駄目に決まっているでしょう！　旦那様はもちろん、使用人一同が敵に回りますよ」

「じょ、冗談よ、というか、若いメイドまで私を射殺しそうな目で睨(にら)んで来たんだけど⁉　どうなってるの？　この家」

陽斗の憧れがこもった目に、庇護(ひご)欲が爆発寸前の桜子が馬鹿な発言をしたため、部屋の温度が真夏だというのに凍り付きそうなほど冷え込む。慌てて発言を撤回するも桜子を見る目は皆、冷めたままだ。

「えっと、この鳳美風っていうのがペンネームなんですか？」

そんな空気も陽斗にだけは伝わっていないようで、表紙に書かれていた聞き慣れない名前について質問する。

「そうよ。ただ、その名前でのパスポートや身分証も持っているわ。皇の家名は一部では有名だし、資産家だとバレると危ないから身を守るための措置として特例で認められているの」

桜子が写真家として訪れる国の中には治安の良くないところもあるし、そもそも自然物を写真に収めるには人里離れた場所に行く必要がある場合が多い。

桜子自身はある程度身を守る術を心得てはいるが、それでも資産家であると知られるのはあまりに危険だ。かといって重斗や陽斗のように常に身辺警護の者が側を固めるわけにもいかない。だから重斗が省庁に働きかけて別名でのパスポート発行を認めさせたらしい。アメリカの証人保護プログラムと似たようなものだろう。

そういった制度が日本にあるわけではないので、かなりの力業であることは間違いないだろうが。

2冊目の写真集を見ていた陽斗だったが、その中の1枚の写真が特に気に入ったらしく、そのページを開いたままジッと身動ぎもせずに見つめる。

「どうしたのかしら？　なにか気になる？」

「え？　あ、いえ、この写真がすごく綺麗だったから見とれてて」

陽斗が見ていたページには、虹色に輝くハチドリの写真が大きく写し出されている。花よりもなお美しいその姿は、確かに目が離せなくなるほど幻想的な魅惑に満ちていた。

「ああ、その写真ね。コスタリカの森の中で撮ったんだけど、なかなか良いのが撮れなくて2週間も掛かったのよ。10日分の食料しかなかったから本当にギリギリだったわ」

写真家の苦労話も陽斗は興味深げに聞く。

「写真集だと見開きだから真ん中で切れてるでしょ？　元データは私が持ってるから、良かったらちゃんとしたのプリントしてあげるわよ」

「良いんですか!?　ほ、欲しいです！」

苦労して撮った自慢の写真を又甥が絶賛するのが嬉しくないわけがない。桜子は最高画質のポスターサイズでプリントしようと内心で決めながら笑みを浮かべる。

その後も陽斗は時折解説を聞きながら夕食までゆっくりと写真集を楽しんだのだった。

「まったく、帰ってくるなら連絡ぐらい寄越さんか。だいたい、お前という奴は行き先さえろくに連絡せんし、ようやく場所がわかって手紙を送っても返事ひとつ寄越さん。皇の家と距離を置きたいのはわからんでもないが、せめて定期的に連絡しろと何度言ったらわかる」

夕食を終えて陽斗は浴室へ、桜子は食事前に帰宅した重斗と話をするために彼の部屋へ移動していた。

食事のときは陽斗が居たために身内の恥をさらすのもどうかという、ある意味手遅れな気遣いで触れなかった重斗だったが、居ないとなれば再びの説教タイムである。

「手紙を整理したら比佐ちゃんから何通も来てたのに気付いたのよ。そしたら陽斗が見つかったって書いてあったから慌てて戻ってきたってわけ。さんざん比佐ちゃんに叱られたんだからこれ以上は言わないで」

さすがに反省したのか、桜子は些かげんなりとした表情で項垂れる。

「当然だ。比佐子もお前に言いたいことが山ほどあるだろうからな。甘んじて受け入れるがいい」

フンッと鼻を鳴らしながら言い放つ重斗。

この場には桜子と重斗だけでなく、比佐子と和田も居るので桜子は反論も出来ない。

資産家の令嬢として育った割には自由人気質が強い桜子だが、比佐子は友人であると同時に年下の姉（矛盾しているが）のような存在であり、和田はもうひとりの兄のような存在だ。

実の兄である重斗とは年が離れており、両親が他界してから兄は忙しく仕事をしていたので、むしろこのふたりのほうが桜子にとっては家族に近いといえる。

「今だから言うけど、私も葵ちゃんが亡くなったのがショックだったし、兄さんを見ているのも辛かったのよ。我ながら情けないわね。兄さんは諦めずにずっと陽斗を捜していたというのに」

懺悔するかのように語る桜子に、重斗は沈黙で応える。

「手紙では陽斗が見つかって保護されたってことしか書いてなかったけど、詳しく聞かせてもらえるのかしら？」

手紙というのはあまり秘匿性が高くない。皇ほどの資産家絡みとなれば迂闊なことは書けないため比佐子もごく簡単に結果しか書いていなかったのだ。

重斗も妹に隠すつもりはなかったので順を追って陽斗が見つかった経緯や、保護されるまでどんな生活をしていたかなどを説明する。もちろん、陽斗の心身を考えたうえでどのような扱いをしているかも含めてだ。

話を聞くにつれ、桜子の表情はどんどん強張っていき、和田と医師が確認した傷痕のくだりに至るとまるで般若のごとき形相になる。

「……兄さん、そいつ等、まだ生きてるの？」

「さてな。二度とこの国の土を踏めないのだけは確かだが」

「今からでも良いからそいつ等を私に頂戴。手足を縛ってアマゾン川のカンディルの生息地に放り込んでくるから」

　アグレッシブな大叔母は発想まで過激である。

「奴等には相応の報いをくれている。重要なのはそんなゴミのことではなく、陽斗のケアだ。幸い少しずつ身体(からだ)も心も回復してきているようだからな。儂(わし)等としてはこれまで苦労した分、存分に甘やかしてやるべきだと考えている」

「屋敷の体制は充分整っておりますし、陽斗さまに付けているメイドもカウンセラーや看護師の資格を持つ者ですよ」

「そうでなくても今では使用人全員が陽斗さまを可愛がっておりますからな」

　重斗と比佐子、和田の言葉を聞いて気持ちが落ち着いたのか、桜子の表情に笑みが戻る。

　そして、少し考える素振りを見せた後、唐突に切り出した。

「それじゃあ、私もこの屋敷に住むことにするわ！」

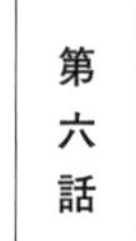

第六話　大感謝祭

8月の第3日曜日。

九州中部の地方都市にある県内随一の高級ホテル。その前に続々とタクシーが到着する。

「しゃちょー、マジでこのホテルっすか？」

「俺はそう聞いてるし招待状にもそう書いてあるぞ。ってか、タクシーの運転手がちゃんと事前の予約で確認してあるって言ってただろうが」

「ね、ねぇ、アタシ思いっきり普通の服なんだけど、大丈夫かしら？」

「案内にゃ『平服でお越しください』ってあったんだから大丈夫だっつってんだろ！　ああっもう！　おら！　後ろがつかえてるんだからさっさと行くぞ！」

中年の男が一緒にタクシーから降りた男女をせき立てながら、さっさとホテルのロビーへと入っていってしまう。

「ちょ、ちょっと待ちなさいよ」

「置いてかないでくださいって！」

ふたりは慌ててその後を追いかけていった。

ロビーに入るとすぐにベルスタッフが近づいてきたので男が目的を告げる。

すると丁寧な挨拶をした後、先に立って彼等を案内してくれた。

行き先は2階にある大ホール。結婚式の披露宴でも使われる大きな部屋だ。

ホール入口に設けられた受付まで案内されるとベルスタッフは一礼して立ち去っていった。

「あ～、井上達……じゃなかった、西蓮寺陽斗君から招待を受けた大沢ですが」

「大沢様ですね。ようこそおいでくださいました。そちらは奥様の静恵様と、大沢新聞販売店の佐野様ですね」

受付をしていた中年の女性はこちらが名乗るまでもなく顔を見てそう言うと、すぐ後ろに控えていた若い女性に大沢たちをホールの中へ案内するように指示を出す。

「すでに何人かの方々が到着されていますが、開始までにまだお時間がありますのでどうか軽いものを飲みながらお待ちください」

レディーススーツを着たその女性はそう言いながら簡単にこの日の内容などを説明してから戻っていく。

ホテルのスタッフには見えなかったのだが、その口調や表情は彼等を心から歓迎しているようで、大沢たちはどうにも居心地が悪い。

「あ、社長！　お久しぶりです！　来てくれたんですね！」

そんな戸惑いの表情を浮かべた大沢に駆け寄ってきたのは、どう見ても小学生にしか見えない小柄な少年、陽斗だった。

「お、おお、達坊。なんだ、その、今日は招待してくれてありがとうよ」

「達也君、あ、今は陽斗君、だったっけ？　久しぶりねぇ、心配してたのよ。元気だった？」

「達坊！　ちょっとでっかくなったか？」

仔犬のように駆け寄って満面の笑みで大沢たちを出迎えた陽斗に、照れくさそうに礼を言ったり心配そうに全身を眺めたりする。はたまた乱暴に頭をガシガシと撫でたり、三者三様だがその目は親しげだ。

「えっと、始まったら改めて皆さんに言うんだけど、今日は僕がお世話になった人たちにお礼がしたいと思って。その、わざわざ来てもらうっていうのは申し訳なかったんだけど、でも、来てくれてありがとうございます！」

そう言って陽斗は深々と頭を下げた。

「気にすんなって。お前が呼んでくれたんだから無理矢理にでも時間作って来るさ。それより、元気そうで安心したぞ。まだちょっと肉は足りねぇがずいぶんと顔色が良くなった」

「本当にねぇ。テレビ電話では会ってたけど、やっぱり直接会うとホッとするわ」

大沢夫婦が陽斗を見るその目は少し潤んでいるように思えた。

陽斗が大沢夫婦や新聞販売店の従業員たちを呼んだのにはもちろん理由がある。

話はこの年の元旦まで遡る。

皇の屋敷で迎えた初めての正月。

ようやく訪れた孫との正月に浮かれまくった重斗が陽斗に渡した過剰すぎるお年玉。他にも月々渡されるお小遣いも貯まる一方で、さりとて陽斗に使い道はない。

これ以上はいらないと断ろうにも、重斗が嬉しそうに渡してくれるのでそれもできない。

結局彩音や和田と相談し、お世話になった方たちにお礼をしたらどうかという話になったのだ。

もちろんそれらの人たちには重斗がすでに丁寧なお礼状を添えて相手の負担にならない程度のお礼の品を贈ったと聞いている。時には間接的な形で事業や仕事の支援も行ったらしい。

けれど陽斗はせいぜい個別に連絡を取ったり、手紙を出したりしてお礼を伝えただけだ。

もちろんまだ高校生（その時は中学生）である以上、それが精一杯だったが、自分が生きてこうして重斗と暮らすことができたのは、かつて助けてくれた人たちのおかげだという思いがあったし、言葉では言い尽くせないほどの感謝をしている。

そんなわけでお世話になった人たちを招待してお礼の食事会を開くことにした。

もちろん陽斗を助けてくれた人たちは見返りを求めて助けたわけではない。ただ懸命に生きる陽斗に何かしてあげたいという純粋な善意でしてくれたことだ。

その気持ちを金銭ではなく、精一杯のおもてなしで返したい。

一番お世話になった新聞販売店の都合を考え、休刊日の前日の夕方から夜にかけての時間で調整し、他の人たちのスケジュールも確認したところ、8月半ばのこの時期になった。

商店街の店を経営している人たちも、早めに店を閉めてほとんどが翌日を臨時休業にしてしまっている。一般企業に勤めている人たちは夏期休暇だったり、翌日普通に出勤だったりするのだが。

「にしても、随分と盛大な食事会になりそうだな」

「あ、うん。色々な人にお世話になったから、みんなにお礼をしたくて」

呆(あき)れたように言う大沢に、陽斗も少し苦笑い気味に応じる。

この食事会の参加者はお世話になった人とその家族で100人を超えている。中には引っ越しなどで地元を離れてしまった人もいたが、それでもほとんどの人が時間を作ってきてくれている。

「ほら、達坊。他にも挨拶したい人がいるんだろう？　こっちは良いから行ってこい」

「あ、はい。それじゃあ、また後で！」

陽斗と大沢が話し込んでいる間にも続々と招待客がホールに入ってきている。その全員が陽斗にとっての恩人やその家族たちだ。

それがわかっている大沢は陽斗を促してほかの人たちへ挨拶に向かわせた。

大沢も電話で幾度か話をしているとはいえ、久しぶりに会った陽斗の近況など直接話したいことはあった。ただ、当初から陽斗は大沢のことを『すごくカッコ良くて頼りがいがある社長』などと言っていたのを知っているのでここは大人の余裕を見せたというわけである。まぁ、どうせ後でも話す機会はあるだろうと自分に言いきかせながら。

陽斗を見送り、喉を潤そうとドリンクを配っているカウンターまで移動しようとした大沢たちを別の声が呼び止める。

「お久しぶりですな、大沢社長」

「!!　ご、ご無沙汰しております」

声を掛けてきたのは白髪交じりの初老の男性と中年くらいの女性、重斗と桜子である。

今回は陽斗がお世話になった人たちにお礼を言うための食事会ではあるが、当然彼等も保護者として礼を言うためにこの場にいる。陽斗と同じく最初からホールの中で到着した招待客にこうして挨拶に回っていたのだ。

重斗は陽斗を引き取ってひと月ほど経った頃、礼を言うために販売店を訪れ、そのときに顔を合わせている。

もっとも、そのときは重斗がどのような立場の人間かを知らず、随分と失礼な口をきいた。もちろん陽斗が重斗のところで虐げられるようなことがないように、ちょっと釘を刺したという程度ではあるのだが、その後知人に少し調べてもらって、その資産や影響力などを耳にして大いに冷や汗をかいたのだった。

「改めてお礼を言わせてもらいたい。本日はよく来てくださった」

「私はこの皇　重斗の妹で陽斗の大叔母にあたる桜子と申します。私も心から感謝しています」

重斗と桜子が深々と頭を下げ、それを受けた大沢は慌てて首を振る。

「い、いえ、こちらこそお招き頂きありがとうございます。そ、それに、うちに新聞の新規契約が増えたのはそちらのお力添えがあったのでしょう。ありがとうございました」

2月頃から突然新聞の新規大口契約が次々に舞い込み、加えて普段なら滅多に来ない配達員まで何人も応募が来た。あまりにも不自然であったが、重斗のことを知れば理由は考えるまでもない。

「さて、なんのことだかわからんが、まぁ、なんにせよ孫が昨年末まで生きていられたのは大沢社長やその他の助けてくれた人たちのおかげですからな。少々のことでは恩は返しきれませんよ」

「そのとおりです。今後何か困ったことがあれば、どんな些細なことでも遠慮せずにご相談くださいね」

重斗と桜子の言葉に大沢は頬を引きつらせながら曖昧に頷くのが精一杯である。

重斗の表情は穏やかな笑みを浮かべたままであり、その言葉からも恩に着せるつもりなどないことがわかる。皇家の持つ財力や権力は大沢など想像もつかないもので、その力を借りる必要があることなど考えたくもない。

「おっと、そろそろ時間ですな。ゲストの方々も揃ったようなのでまた後ほどお話をさせていただこう」

話しているうちにそれなりの時間が経っていたらしく、重斗はそう言って大沢に一礼し、ホールの前方へ歩いていった。

「なんか、すっげぇ迫力のある爺さんとオバさんだったっすね。ただ者じゃない感が」

「ああ、本来なら俺みたいな零細経営者が会えるような人間じゃねぇよ。ってか、お前今までどこに居たんだよ」

「しゃちょーの後ろで気配を殺してました。オレその気になれば周りと同化できるんで。学生の頃なんて存在感薄すぎてしょっちゅうハブられてたくらいっすよ！」

のだった。

「泣くような自爆すんなよ」

ようやく緊張から解放された大沢だったが、佐野と話したことによってさらに脱力したのだった。

それからすぐホールに若い女性の声が響く。

「お待たせ致しました。皆様到着されましたので食事会を始めたいと思いますが、その前に一言、主催者からご挨拶させていただきます」

見るとホールの前スペースに台が置かれており、そこに陽斗がよいしょっと登っていた。

「えっと、きょ、今日は来てくださってありがとうございます！　その、ぼ、僕がこっちで暮らしているときに皆さんが沢山助けてくれたおかげで、僕はお祖父(じい)ちゃんと会うことができました。それで、僕はお礼がしたくて、でも、何をしたらいいのかわからなくて、えっと、家の人に相談して食事会をすることにしました。す、少しでも楽しんでいってくれると嬉しいです。あの、本当にありがとうございました‼」

パチ、パチパチ、パチパチパチパチパチ……。

大勢の人たちに注目され、緊張のあまりたどたどしい口調で挨拶をした陽斗だったが、微笑(ほほえ)ましい表情で招待客は聞いていた。挨拶が終わり拍手が起きると、笑みを浮かべてペコリと頭を下げて台を降りた。

そして次に重斗がマイクを手にするとすぐに拍手が静まる。

と同時に、飲み物が載ったトレーを持ったスタッフが会場を回って招待客に手渡していく。

「陽斗、こちらでは井上達也と呼ばれていたこの子の祖父、皇　重斗と申します。すでにこの中の幾人かには直接話をさせていただいておりますが、改めて孫を助けてくださったことにお礼を申し上げる。今日は孫が皆さんのためにと考えた催しですので、どうか楽しんでいただきたい。それでは、突然で申し訳ないが、大沢新聞販売店社長の大沢浩二郎（こうじろう）殿に乾杯の挨拶をお願いしたいのだが、いかがだろうか」

突然言葉の矛先を向けられた大沢が慌てるが、すぐにマイクが手渡されてしまう。

「うぇ!?　あ、えっと、俺、いや、私が、ですか……。あ～、急に振られたから何を言えばいいんだか」

頭を掻（か）きながらこぼすと周囲から軽く笑いが起きる。

いきなりで驚いたものの招待客の多くは大沢にとっても顔見知りだ。小さいながらも経営者として会合に出席することもあるので、ひとつ小さく息を吐くと柔らかな表情を陽斗に向けて口を開く。

「他の人もそうだと思うが、私たちは別に見返りが欲しくて達……いや、陽斗君を気に掛けたわけじゃない。陽斗君はどんな辛（つら）い思いをしていても一生懸命で、真面目で、そして人に対する思いやりを忘れなかった。だからこそ周りが何かしてやりたいと思ったんだろう。それがようやく大切にしてくれる家族と暮らすことができるようになったと聞いて心から安心している。これからも辛いことや大変なことは沢山あるだろうが、あんだけ辛いことがあっても折れたり曲がったりしなかった陽斗君なら大丈夫だと、そう信じている。けどな、どうしても辛かったり悲しかったりしたら遠慮なんてしないで帰ってこい。……あ〜、長くなったな。と、とにかく、陽斗君を見守ってきた同志と一堂に会することができたのと、陽斗君の幸せを願って、乾杯!!」

『乾杯!!』

ホールに声が響いた。

その直後、ホールの大扉が開かれ、ホテルのスタッフの手によって点在しているいくつものテーブルに料理の数々が並べられる。

オードブルのような軽食やパスタ、揚げ物料理や焼き物料理、煮込み料理、デザートやフルーツが所狭しと置かれ、ホールの一角には寿司やステーキ、お酒を含むドリンク類を提供するカウンターもある。

形式としては半立食で立ったまま食事がしやすい高さのある小さいテーブルが要所に置かれ、ホールの一角には落ち着いて座れる椅子とテーブルも準備されている。招待客の中には年配の人もそれなりに居るのでその配慮だ。

　ホールの中があっという間に食事会場へ変わり、来場客から歓声が上がる中、再びマイクで女性の声が聞こえてきた。

「それではしばらくの間、ご自由にお食事とご歓談をお楽しみください。本日はテーブルマナーなど気にせず、気軽に過ごしていただきたいと思っております」

「あ、あれ？　あの美人って、達坊を迎えに来た弁護士さんだよな？　こんなことまでしてんのか？」

　大沢社長たちと合流した他の従業員の誰かがボソッとそんな言葉を漏らす。

　その言葉通り嬉々としてマイクに向かって喋（しゃべ）っていたのは、皇家の専任弁護士兼不良メイドである彩音だ。

　服装はいつものメイド服ではなくキッチリとしたスーツ姿だ。以前に見せていた秘書のような堅い雰囲気ではなく、ＯＬのような気安い雰囲気を振りまいている。

　会場の中は老若男女が居るがやはり多いのは中高年の世代だろうか、それでも少数ながら陽斗と同年代の若者もいる。

「すっごいわよねぇ！　お礼のためにここまでする？　って感じだけど」

「う、うん。そうだよね。なんだか陽斗君が別の世界にいっちゃったような……」

陽斗の同級生だった宮森若菜と大林里奈のふたりも、皿を手に料理を選びながらそんな会話を交わしている。

若菜も里奈も未成年ということもあって両親と一緒に招待されており、以前から顔見知りだったその親たちは共にお酒を受け取りに行ってしまっている。ちなみに若菜の兄は部活の合宿で参加できなかった。さぞ後から悔しがることだろう。

陽斗の中学時代の同級生で招待されているのはこのふたりだけで、他には上級生の男子生徒と教師であった赤石美也だった。

３年間の中学生活でたった４人しか陽斗にとって恩人と呼べる人がいないというのが、ある種異様でもある。

その理由は陽斗が虐待されていてボロボロで薄汚い格好を強いられていたということもあるが、権力者の息子であった藤堂英治に目を付けられたことと、教師たちの間にも陽斗を忌避したり蔑んだりする者が居たからだ。

１年生の頃は同情して優しくしてくれた教師や同級生、先輩たちも居たものの、英治たちが執拗に絡んだり教師がきつく当たったりするのを目にして、だんだん距離を置くようになっていった。

そんな中で若菜は陽斗にずっと優しくしていたし、里奈も親友の若菜の影響で普通に接していた。

招待されている唯一の先輩も同様で、英治たちを窘めたり陽斗を励ましたりしてくれていたのだ。そして美也は臨時教員として担任になってから親身になって相談を受けていた。

だから陽斗にとって中学校での恩人はその4人しかいないのである。

集まった他の人たちは年配者が多く顔見知りも少ないので自然と1カ所に集まって、昔というほど経ってはいないが話に花が咲く。

「でも宮森さん凄いよ、あの状況でずっと彼を庇ってたんだろ？　藤堂も酷かったけど教師の青山まで率先して虐めてたみたいだし」

若菜に男子がそう話しかけると、彼女は照れたように手をワタワタと振る。

「桂木先輩だって井上君が入学してからずっと優しくしてくれたって聞いてますよ。青山先生と言い合いになったこともあったらしいじゃないですか」

「いや、俺はあの先生が大っ嫌いだったからな。それにうちは商店街で店をやってて、アイツが新聞配達してるの見た母親が心配して俺に庇ってやれって言ってたし」

「若菜も先輩も立派ですって。私なんて若菜が気に掛けてたから虐めとかに加わらなかったってだけで、助けたりは怖くてできなかったですもん」

「そんなことないよ。里奈が居てくれたからあんなに強気で居られたんだから」

「3人とも立派よ。本っ当にあの学校酷かったもの。宮森さんたちが居なかったら井上君、あ、今は西蓮寺君だね。逃げ場がなくて耐えられなかったかもしれないもの。私なんて教師なのに何もできなかったし」

口々に互いを賞賛する。

教師の美也はともかく、まだ中学生でしかなかった若菜や里奈、桂木と呼ばれた男子生徒が、ほとんど孤立無援状態の中で陽斗を庇い、守ったのは賞賛に値するだろう。

と、そこにお酒を取りに行っていた彼女たちの両親もご機嫌な様子で戻ってくる。それとほとんど同時に別の方向から声が掛けられた。

「宮森さん！　それに大林さんと桂木先輩、赤石先生も、来てくれてありがとう！」

「楽しんでもらえているかな？」

そこに陽斗と重斗、桜子が歩み寄ってくる。

今回の食事会は陽斗が感謝を伝えるためのものなので、こうして祖父たちと連れ立って招待客に声を掛けて回っていた。

「えっと、西蓮寺君、呼び慣れてないから変な感じだな。すごく楽しんでるよ。どんな服が良いのかわからなかったから高校の制服で来たんだけど、目立っちゃったな」

「陽斗君、きょ、今日は招待してくれてありがとう」

「西蓮寺君、先輩の言うとおり慣れないと呼びづらいけど、ホントありがとうね。私なんか若菜のおこぼれみたいなもんだけど、マジで来てよかったわぁ。料理最高！」

1年先輩の桂木とは昨年の春以来、若菜ともメールや手紙でやり取りしていたものの言葉を交わすのは久しぶりだ。

最初は少しぎこちなく、それでもすぐに話が弾む。もっとも和気あいあいとしているのは子供たちだけで、大人たちはそうはいかない。

「赤石先生と、あなた方のご子息ご令嬢には孫がとても世話になった。いや、救われたと言っても良い。改めて礼を述べさせていただく。とても素晴らしいお子さんをお持ちだ。今後儂(わし)が力になれることがあればいつでも連絡していただきたい」

そう言って自身が代表を務める資産管理会社の名刺を渡す重斗。

子供たちの保護者と新米教師はガチガチになりながら、震える手でそれを受け取る。

里奈の父は会社員だが皇の名は聞いたことがあったし、中小とはいえ会社経営者である若菜の父は重斗の影響力の強さも知っている。桂木の親にいたっては商店街にある店が不自然なほど繁盛しているのが眼前の老人の力だということを理解していた。美也もまた条件の良い勤務先を得られている。

「い、いいえ、む、娘が陽斗君にしたことなど些細なことです。そ、それに、皇様のおかげで仕事も増えて、逆にこちらがお礼を申し上げなければならないと」

「わ、私の娘にいたっては友人に同調しただけですし、その」

「私どもはすでに充分な力添えをいただいておりますので、こちらこそ感謝しています」

「いやいや、儂は何もしておりませんし、あれほど劣悪な学校で陽斗に優しくするのはとても勇気のいることでしょう。お子さんをどうか誇ってやってください」

　重斗は重ねてそう言って頭を下げた。

「それじゃ、また後で。もう少しするとゲームもする予定だから楽しんでくれると嬉しいな」

　陽斗もそう言って別の場所に移動する。

　陽斗たちの背中を見送り、子供たちの興味は料理へ、大人たちはなんとか失礼にならずに済んだ安堵(あんど)の溜(た)め息(いき)を吐いた。


　次に陽斗たちが向かった先に居たのは中年の夫婦と車椅子に乗った少年だ。

　陽斗を助けてくれたのは女性の方で、新聞販売店で働いていた頃に契約をしてくれて、それ以後も何かと差し入れをくれたり気遣ってくれたりした。

　車椅子の少年は夫婦の子供で、先天性の心臓疾患を患っていたのだが、この春に手術を受け順調に回復している。まだあと数回は手術を行わなければならないのだが、一番難しい山は越えているらしく、あと数カ月もすれば学校に通うこともできそうだとのことだった。

今は疲れたりしないように車椅子に座っているが、普段は少しくらいなら動き回ることができるようになっているらしく、その手の皿には唐揚げやお寿司が載っていて食欲もありそうだ。

陽斗が例のごとく声を掛けてお礼を言うと、夫婦、香田夫妻は逆に深々と頭を下げた。

彩音がスケジュール調整のため、この夫妻に連絡を入れた時、夫は妻がアレコレと気づかっていた少年の保護者が皇家だと知り、そのことで自分の会社での昇進や息子が突然好条件で治療が受けられるようになった理由を理解した。

だから彼等にしてみれば陽斗にした気遣いなどとは比較にならない恩を受けたと思っている。なにしろ息子の命の恩人と言っても過言ではないのだ。

「こちらこそ、皇様と西蓮寺君のおかげで隆、息子が手術を受けることができました。なんとお礼を言ったら良いのか」

「あの、僕からも、えっと、ありがとうございました！　今は家にも帰れたし、ご飯もたくさん食べれるようになった、です。それにもう少ししたら学校にも行けるようになる、あ、なります。えっと……」

緊張気味の親子に桜子が優しく声を掛ける。

「礼など必要ありませんよ。ここに居る方々のひとりでも居なければ、もしかしたら私たちは陽斗に会うことができなかったかもしれないのですから」

「うむ、それに孫は奥方の優しさに随分と慰められ、力づけられたらしい。その恩が少しでも返せたというのなら嬉しく思いますよ」

桜子と重斗の言葉に、香田夫妻はそれ以上頭を下げることはせずに陽斗へ向き直った。

「達也君……あ、今は陽斗君ね。あれから会えなくて心配していたけれど元気そうで安心したわ。いつか健康になった隆を連れてお礼に伺わせてね」

女性がそう言うと、陽斗は満面の笑みを浮かべて大きく頷いたのだった。

「お祖父ちゃん、ありがとうね」

香田親子と別れてすぐ、陽斗は何もできない自分に代わって重斗が恩人たちにお礼をしてくれていたことを感謝する。

重斗は陽斗の頭を撫でて優しく笑みを浮かべることで応じた。

重斗からすれば、陽斗がこれまで生きてこられたのは奇跡に近い。先ほど桜子が言ったように、もし周囲の人たちの助けがなかったら間違いなく途中で陽斗の命は潰(つい)えていただろう。

陽斗が助かるならば全ての財産を失っても惜しくないとまで思っている重斗にとって、彼等に割の良い仕事を回すように働きかけをしたり、治療を優先するように口利きをする程度は労力のうちに入らないのだ。

「たっちゃん！」

「え？　あ、もしかして、コー君!?」

不意に声を掛けられて陽斗が振り向くと、そこに高校生くらいの気の強そうな男の子が立っていた。その顔を見て、すぐに小学生の頃の記憶が甦る。

「たっちゃん、変わってねぇなぁ！　元気そうじゃんか！」

男の子が陽斗に駆け寄り、背中をバンバンと乱暴に叩きながら肩を抱く。

「コー君はすっごく大きくなったね。口調は相変わらずだけど」

陽斗も背中を叩かれたときは少しばかり顔を顰めたがそれでも嬉しそうに応じる。

「まぁな！　178センチになったぜ。たっちゃんはあんま変わんねぇな。すぐわかったよ。あっ！」

コー君と呼ばれた男の子がようやく陽斗の隣にいて呆気にとられた表情の重斗と微笑ましげに見ている桜子の姿に気付き、小さく声を上げる。

「す、すいません、その、俺……」

「門倉光輝君、だね？　元気がよくて少々面食らったが、小学校の頃に陽斗と仲良くしてくれていたらしいね。儂は陽斗の祖父の皇　重斗という」

「これからも遠慮せずに陽斗と仲良くしてやってね。ちなみに私は陽斗の大叔母の桜子よ」

「よ、よろしくお願いします。あ、えっと、さっきのは別に乱暴したわけじゃなくて」

懐かしさのあまり少々荒っぽい挨拶になった自覚があった光輝は、陽斗の身内がすぐ近くに居たことに気づいて慌てる。

だが、この少年と陽斗の関係を知っている重斗と桜子は怒るつもりなどない。

陽斗の中学校時代に一番支えてくれたのは大沢社長とその家族、そして従業員たちだが、小学校時代に陽斗が命を繋いでいられたのは間違いなく彼のおかげだ。

当時、小学校入学時からやはり陽斗は周囲から浮いていた。なにしろ新入生だというのにランドセルも買ってもらえず、適当な布袋に教科書や学校で使う道具を入れ、どこかで拾ってきたかのような小汚い服を着ていたのだ。

当然の流れとして陽斗はすぐに虐めの対象となったのだが、そのときに同じクラスだった光輝がそれを止めさせた。

そのときの光輝がなにを考えていたのかは分からない。だが、ガキ大将気質であった彼は、他の誰かが陽斗を虐めようとすると力ずくでそれを止め、強引に連れ回した。

振り回されることも多かったが、おかげで徐々にクラスの輪にも溶け込むことができるようになり、虐められることも少なくなった。

その上、光輝は自分の家に陽斗を連れて行き、親に陽斗から聞いた家の事情を色々と話した。

その結果、光輝の両親は陽斗に同情して毎日のように食事を食べさせてくれたり、今では社会人となっている光輝の兄のお古（捨てずにいたランドセルや学校で使う道具類、衣服など）をくれて、どれだけ助けになったか分からないほどだ。

その付き合いは陽斗たちが小学校を卒業するまで続き、光輝一家が仕事の都合で引っ越してからは連絡を取る手段もなかったため、それきりになってしまっていたのだ。

ちなみに、小学校低学年で家事を押し付けられた陽斗に、掃除や洗濯、料理を教えたのは光輝の母である。それがなければ陽斗の傷はもっと増えていたであろう。

時期や期間、重要性を考えれば今日の招待客の中で最も大切な恩人と言えるだろう。

「光輝！　皇さんに失礼な真似(まね)をするんじゃない！」

直後、光輝の両親が慌てた様子で駆け寄ってくる。そして光輝の頭を押さえつけた。

「うちのバカ息子が申し訳ありません！　あとできつく言って聞かせますので！」

「いや、16歳の男の子なのだからこれくらいの元気があった方が良い。それに彼は陽斗の友人で大切な恩人でもある。無礼などとは思わぬよ」

穏やかに応じる重斗に、両親はますます恐縮した様子で頭を下げた。

「それより、新しい家と職場はどうかね？　何か困ったことはないか？」

「は、はい。問題がないどころか、あんな良い家と好待遇な仕事、なんとお礼を申し上げたらいいか」

「あのときも言ったが、陽斗が今こうしていられるのは間違いなく光輝君と君たち夫婦のおかげだ。あの程度では到底恩を返したことにはならんよ」

重斗はそう言ったがそれで門倉夫婦の気が済むわけもない。

光輝や門倉夫妻が陽斗にとって恩人であるのと同時に、陽斗や重斗は門倉家にとってかけがえのない恩人でもあるのだ。

陽斗が重斗に保護されたその時期、門倉家は明日をも知れぬほどの苦境に立たされていた。

陽斗の過去を調べていた調査会社からの報告でそのことを知った重斗は、すぐに動いて彼等への支援を行ったのだ。

「確かに陽斗君に同情して多少のことはしましたが、知人に騙(だま)されて困窮していた私たちの恩人は皇様です。これから親子ともども精一杯恩返しをさせていただきますので」

頑(かたく)なな門倉夫婦に、重斗は困ったように苦笑いを浮かべたのだった。

「たっちゃんは今お祖父さんと一緒に住んでるんだろ？　どんな家なんだ？　やっぱスゲぇの？」

「うん、凄すぎてまだ慣れないくらい」

「お祖父さんってスゲぇ金持ちなんだろ？　いっぺん見てみたいなぁ」

「あ、じゃあお祖父ちゃんが良いって言ってくれたら一度遊びに来てくれる？　僕もコー君ともっと話がしたいし」

緊張気味の大人たちをよそに旧交を温め合うふたり。

肩を組みながら親しげに話しかけてくる光輝に陽斗も嬉しそうに応じている。

普段あまり見ることができない年相応の無邪気な掛け合いを微笑みながら見守る重斗たち。

大人たちの事情も時の流れも関係なく、確かな絆（きずな）がそこに感じられた。


食事会が始まって1時間ほど経過すると、参加者のほとんどはある程度食事を終えてお酒を片手に談笑していたり、デザートを楽しんだりしている。

中には意気投合しすぎて少々酔いが回っていたり、話が別方向に盛り上がって商談を始めたりしている人もいるが、おおむね会場は和やかで少々賑（にぎ）やかでもある。

陽斗たちも招待客への挨拶を終えて光輝や若菜たちと一緒に談笑していると、彩音がマイクを手にして壇上に立った。

「さて、宴もたけなわではありますが、ここで少しばかりゲームを行いたいと思います」

「なんだ？　たっちゃん、なにか始まるのか？」

「ゲーム？」

彩音の言葉に興味津々という目で壇上に注目する。

そこにはいつの間に準備したのか、長机が3つほど並べられ、その上に色々な景品が置かれていた。

そしてホテルのスタッフが参加者たちに1枚ずつ葉書大のカードを手渡していく。

「ゲームといっても難しいものではありません。こういった懇親会の定番、ビンゴゲームですね。念のため説明しますと、これから舞台の上でビンゴマシーンから数字が出てきます。その数字がお手元のカードにあればそこに穴を開けてください。その穴が縦・横・斜めで一列になったら『BINGO！』と大声で言って舞台に上がってきてください。とっても豪華な景品がゲットできます！」

知っている人がほとんどだろうが、それでも小さな子供も居るので彩音は丁寧に説明する。

招待客はというと、長机に並べられた景品を見て目を剝いている。

実際の景品そのものが載っているのはごく一部で、多くは商品が描かれたパネルのようなものだ。

そこには国産SUV車（オプションフル装備）やコンパクトカー（同じく以下略）、数十万円分の旅行券、システムキッチン（基本リフォーム料込み）、家電商品券10万円分などが印刷されている。さらに人気ソフト付きのゲーム機や最新パソコン、オーディオ機器などの現物も並べられている。しかもその数は参加者人数を明らかに上回るほどだ。

参加者たちの表情は喜びよりも戸惑いの方が大きいかもしれない。

「あ〜、儂から一言添えさせていただこう。知っている方もいるだろうが、儂は各メーカーや財界にも繋がりが多い。これらの景品は陽斗が無事に保護されたお祝いとして送られた物ばかりでな。せっかくの厚意を無下にはできないし、かといって使う機会もない。それに、陽斗が無事に儂のもとに帰ってきてくれたのはここにいる皆様のおかげなのだから、それを分け合いたいと考えたわけだ。だから遠慮せずにゲームを楽しんでもらいたい」

ここにいる人たちのほとんどは、これらの物をお礼と言って渡されたら固辞したことだろう。陽斗に対する気遣いは純粋な厚意であり、礼を欲してのものではない。

だから重斗がそう言い添えることでそういった気持ちを払拭し、純粋に景品を喜んでもらいたいと思ったのだ。

「それから、本日この場に来られなかったご家族の分もカードがありますので、代わりにやってあげてください。同着で希望の景品が被(かぶ)った場合はじゃんけんで決めてくださいねぇ。カードを受け取っていない人はいらっしゃいませんか？　いないですね？　それでは始めます！最初は……7番!!」

番号が呼び進められる度に歓声や溜息が会場のあちこちから漏れる。どうやら無事にゲームを楽しむ気になってくれたらしい。

「そういうことなら楽しんだもん勝ちだな！　せっかくだから良い物ゲットしようぜ！」

物怖じしない光輝はあっという間に若菜たちの間に溶け込んでいた。

「良いの、かな？　でもスゴイ景品だよね」

自分はオマケという意識が抜けない里奈も、さすがに豪華な景品の数々を前にして心が動いているらしい。

番号の読み上げが10回目を超えた直後、会場に大きな声が響く。

「よしっ！　ＢＩＮＧＯ!!」

真っ先に手を上げたのは大沢新聞販売店の従業員、お調子者の佐野だ。

「おめでとうございます！　どうぞ舞台の上へ。ご希望の景品を選んでください」

注目される中で舞台に上がった佐野は少し照れくさそうに頭を掻く。

「えっと、んじゃあ、司会のお姉さんで！」

会社の懇親会などでたまにいるよな、こういう人。というボケは彩音にサラリと躱される。

「ごめんなさいねぇ。私の好みは身長１４３センチの可愛らしい男の子なの」

「それ達坊じゃん！　ちくしょう！　あ、んじゃ、この車で！　色って選べるの？　やった！」

ある意味トップバッターとしては適任だったかもしれない。軽い調子で遠慮のない佐野の態度で、いまだ躊躇(ためら)いのあった招待客も積極的になったようだ。

それからは数字を読み上げる度に「ＢＩＮＧＯ！」の声が響く。

４番目に上がった光輝は最新型の高性能パソコンを、若菜は家電の商品券、里奈は音楽ギフト券、桂木がスポーツ用品の商品券をそれぞれ選ぶ。参加できなかった若菜の兄の分は欲しがっていたゲーム機にした。

両親もミニバンとシステムキッチンの目録を受け取りホクホク顔だ。

車椅子に乗った隆は高級ロードバイク（自転車）を満面の笑みで選んでいた。きっと健康になったらそれに乗ることを夢見て辛い手術を乗り越えるのだろう。

結局ビンゴゲームは全ての招待客が上がるまで続けられた。

一部で希望の景品が無くなってしまい他の人にトレードを頼んでいた酔っぱらいもいたようだが、それでも皆が楽しんでくれたのが感じられた。

「みなさん、本当に、ありがとうございました！　僕、今はちょっと遠いところに住んでるけど、絶対にまた遊びに来ます」

最後は陽斗の言葉で締めくくり、笑顔の食事会は終わりを告げる。

もちろん終えたからといって陽斗は彼等から受けた恩を返したとは思っていない。陽斗にとっても重斗たちにとっても、彼等がしてくれたことはそんなに軽いものではないのだ。

陽斗はいつかもっと沢山の恩返しをしようと心に刻み、心からの感謝を込めて最後の招待客が会場を出ていくまで頭を下げ続けた。

第七話 門倉家の事情

門倉光昭が仕事を終えて帰宅すると、息子の光輝が慌てた様子で出迎えた。珍しいことだ。光輝は今年高校生となり、父親との関係は微妙なものになりがちだ。光昭と光輝はそれと比べればかなり良好と言えるだろうが、それでも難しい年頃であることに変わりはなく、雑談などはめっきり減ってしまっている。

いつもは帰宅したときも「お帰り」「ただいま」程度の会話はするものの、出迎えられるなど久しぶりすぎて前回がいつだったかとっさに思い出せないほどだ。

「ただいま。どうかしたのか？」

「ああ、お帰り！　っつか、父ちゃんにも関係あるんだよ。たっちゃんから招待状が来たぜ！」

その言葉に光昭が「ああ」と納得の声を上げる。

光輝の言う「たっちゃん」とは数年前まで彼と一緒に小学校に通っていた同級生のことだ。随分と酷い環境で生活している様子で、そのことを光輝が気に掛けて妻と一緒にあれこれと世話を焼いているということは当時聞いていた。

光昭自身、その境遇を聞いて同情していたし、顔を合わせたときには少ないながらお小遣いを渡したこともある。

光輝の小学校卒業と共に引っ越したため、それ以降のことは気になりながらも、なにができるというわけもなく交流は途絶えてしまった。

転機が訪れたのは半年ほど前のことだ。

門倉一家は多額の借金を負い困窮を極めていた。

切っ掛けは引っ越しの理由でもある知人と立ち上げた事業だ。

光昭が長年付き合いのあった知人と始めたのはＩＴと機械設計も含めたシステム構築会社だ。出資と経営は共同で行う形で、光昭が実際の設計やシステム構築を行い、知人は営業と財務を担当した。

電気機器メーカーの設計やネットワークシステムの構築というキャリアを持つ光昭のスキルは顧客から高く評価され、また光昭の人柄と人脈もあって創業当初から順調に業績を伸ばしていくことができていた。

だがそれが変わったのは会社を立ち上げて1年が過ぎた頃だった。

どういうわけか売り上げは伸びているのに利益は逆に減っていく。

財務を担当していた知人に確認してもはぐらかされるばかりで、頭を悩ませているうちに知人が突然失踪した。それも、会社の金や顧客から振り出された小切手や手形などの金融資産の全てを持って。

さらに共同経営のはずが知人はいつの間にか名前を抜いており、経営の全責任が光昭ひとりになっていたのである。

すぐに警察と弁護士に連絡し、税理士には会社の財務状況を調べてもらったが時すでに遅し。会社はすぐに資金繰りに行き詰まることになった。

方々に頭を下げて金策したものの経営を立て直すことは難しく、結局、抱えていた案件全てを終わらせ、以後の保守作業は外注を担ってくれていた会社に契約変更することで後を託し、会社を畳んだ。

残されたのは到底一家族では返しきれないほどの借金。

そんな状況に、光輝が経済的負担を減らすために進学しないとまで言い出した。

だが銀行に勤めている長男に迷惑を掛けることになる自己破産をそうそう決断することもできず進退窮まっていたとき、皇（すめらぎ）家の使いを名乗る女性弁護士が訪ねてきたのだ。

「井上（いのうえ）達也という少年を覚えていらっしゃいますか？」

最初にそう確認した女性、彩音は陽斗が保護された経緯などを簡潔に説明し、祖父である重斗が支援を申し出ていると伝えたのだった。

「そちらの家の方々には孫が大変世話になった。命の恩人と言っても良い。門倉さんが現在抱えている債務は儂の方ですべて処理させていただいた。ああ、心配しなくてもそれは本来支払うべき者に負ってもらうので問題はない。すでに身柄も押さえてあるのでな。だからご一家の信用情報にはなんの瑕疵もないので安心してほしい。それから、失礼ながらあなた方のことは調べさせていただいた。事業を営んでいたときの顧客からの評判やその技術に関してもだ。そこでどうであろうかな？　儂としては恩人ということを抜きにしても、人間的に信頼でき、スキルも高い者が埋もれてしまうのは惜しい。儂の所有する会社で働いてみるつもりはないだろうか。無論相応の待遇は保証するし、住むところも用意する。些細ではあるが儂に恩返しの機会をもらえないだろうか」

後日、直接面談した重斗の言葉に、半ば呆然としながら頷いた光昭。

その翌週、皇家の手配した引っ越し業者によって門倉家の荷物は新しい住居であるマンションに運ばれた。

都心近くにあるタワーマンションの高層階。

間取りは５ＬＤＫだが広さは普通の４ＬＤＫマンションの倍はあるだろう。しかも賃貸ではなく分譲で、名義はなんと光輝になっている。

さらに、新しい職場は中堅ながら堅実な経営と挑戦的な商品開発を行うことで、近年名前を知られてきている企業向けシステム開発メーカーの開発部長職。

あまりの好待遇に恐(こわ)くなってしまった光昭ではあったが、固辞するのはもっと恐いので及び腰ながら受けることにしたわけだ。

急激な環境変化はあったものの経済的な不安がなくなったことで光輝も無事に近くの公立高校に入学することもできたのだった。

そのことを思い返しながら光昭は落ち着いて話ができるように、光輝を促してリビングのソファーに座る。

「日程の調整とかいって前に話は聞いていたな。大恩人の招待だから俺たちは夫婦で出席するが、光輝も一緒に行くんだろう？」

「行くに決まってるじゃん！　たっちゃんとは結局まだ会えてないんだし、お礼も言わなきゃだろ？」

明るい笑顔で言う息子の姿に光昭は目を細める。

情けは人のためならず。

たまたま同級生になった子供を、深い考えはなくとも守り支えた息子。

息子の見せた優しさが嬉(うれ)しく、また、多少の余裕があったため、不憫(ふびん)な子供に対する同情で少しばかりの支援をした妻。同じく息子の希望と妻の意思を尊重してそれを許した光昭。

そんな小さな情けが幾万倍にもなって一家に戻ってきた。

（俺たちを救ったのは光輝の優しさだな）

光昭は心の中でそう独りごちる。

一家の窮状を救ってくれたのは間違いなく陽斗と皇家だが、それを引き寄せたのは息子だ。

当の本人はそんなことを気にもせずに、ただただ旧友と再会できることを喜んでいる。

誇らず、驕らず、ただ自然体で人を助けることができる息子を誇りに思う。

第八話　それぞれの夏休み

Ｓｉｄｅ　琴乃

「ええ、はい、分かっています。はい、ありがとうございます。お父様もお気をつけて。はい、それでは」

長い黒髪をかき上げながら琴乃がスマートフォンを切ってソファーに背を預ける。

「ワフッ」

「クゥ～ン」

座っている琴乃の膝に前足を乗せて甘えた声を出しているのは、２匹の中型犬。どちらも鼻の尖ったスピッツタイプで、被毛が長いモフ犬である。

純白の毛の方はアメリカンエスキモードッグ。シルバーグレーの毛並みはキースホンドという犬種だ。日本では飼育頭数の少ない希少犬種である。

「あらあら、甘えん坊さんね」

琴乃は優しげな笑みを浮かべながら2匹の頭や首筋を撫でる。

挙げ句耳を引っ張ったり鼻を摘んだり顔を両手でムニッと押して変顔させたりと、些か乱暴な可愛がり方をするが、2匹の方は嬉しげに尻尾をブンブンと振るばかりである。

まぁこれもペットとのコミュニケーションだろう。いやむしろモフニケーションか。

いつもの毅然とした表情をだらしなく崩して愛犬たちと戯れていると、リビングの入口から呆れたような声が投げかけられる。

「電話は終わったのかい？」

「あら？　雅刀君、来てたのね」

「「ワンッ！」」

琴乃に撫でられるのに夢中で気がついていなかった番犬失格の2匹は、今度は雅刀の方に勇んで駆け寄り尻尾をフリフリしている。

「こんにちは、シュエ、ルアン」

どちらの犬種も家族以外には距離を取る警戒心の強い気質のはずだが、雅刀にはかなり懐いているらしい。ちなみに名前の由来はそれぞれ中国語で〝雪〟〝柔らかい〟を意味する。

一瞬で愛犬を奪われてしまった琴乃は不満そうに頬を膨らませた。

そんな仕草は年相応な女の子のもので、普段の令嬢然とした態度とはかなりのギャップがある。

「少し前に来たんだけどね。電話をしているようだったから扉の向こうで待っていたんだよ」

「だったら電話代わってもらいたかったのに。オリエンテーリングの件でうるさいったらなかったわよ。お父様ったら錦小路（にしきこうじ）家の当主なのに小心すぎるんだから」

ウンザリした表情で愚痴をこぼす琴乃に雅刀は苦笑いだ。

「僕が話しても意味ないでしょう？　それに小心なんじゃなくて慎重なんだよ。琴乃さんのことを心配してるんじゃないかな」

あくまで穏やかに琴乃を窘（たしな）める。これではどちらが年上かわからない。

会話の内容から分かるように琴乃が先程電話をしていた相手は父親である。

国内屈指の資産家であり、由緒正しい名家の現当主だ。そして黎星（れいせい）学園の理事のひとりでもある。多忙なため理事長職は他の者に委ねてはいるが、重斗を除けば学園への影響力は随一だ。なので陽斗が重斗の孫であることも、普通の学園生活を送らせるためにあえてその関係を伏せていることも承知している。

繰り返すが錦小路家は名門中の名門の家柄であり、資産においても屈指の大富豪だ。

いかに重斗といえど片手間に叩（たた）き潰すことはできない。だからこそ錦小路家は皇（すめらぎ）家とも距離を取っていられるのだ。

だが、それでもわざわざ虎の尾を踏むような愚行は避けたいというのが本音であり、特にそれに愛娘（まなむすめ）が関わるなど心配で仕方がない。

にもかかわらず、生徒会主催のオリエンテーリングで、皇家の孫が遭難した生徒を身を挺して救出したと聞いて卒倒しそうになったのだ。

幸い、当事者たる陽斗は自分の行動が感情に任せた無鉄砲なものだったと反省していることもあって、皇家が何かを言ってくることはなかった。

一応琴乃が生徒会を代表して謝罪の連絡をしたが、そのときにも重斗から非難されることはなく、逆に陽斗の先走った行動に関して謝罪されたほどだ。

もっとも、名家の子女が利用する施設で安全管理が不十分だったことは確かであり、施設管理責任者は当然責任を問われることになったが、これは仕方がないことだろう。被災した生徒がもっと重傷だったらそれどころでは済まないところだ。

なので、学校側はもちろん、主催した生徒会が責任を問われることはない。

それが分かっていても娘には一言言わなければ気が済まなかったのだろう。もちろん琴乃もそれは理解しているので大人しく父親の小言を聞いていたのだが。

「でも肝が冷えたのは確かだわ。大人しい子だと思ってたんだけど」

「彼も男の子だったってことだね。でも頼もしい友人たちに囲まれてるから大丈夫じゃないかな」

ふたりは同時に同じ男の子の顔を思い浮かべてクスリと笑った。

「でもいきなり色々と押し付け過ぎじゃないか？　いくらなんでも慣れていないのに学年責任者を任せるなんて、ずいぶんと無理をしてたみたいだよ」

「だって、一生懸命に頑張る姿が可愛いじゃない！　ついつい構って、困らせたくなっちゃうのよ」

「また悪い癖が出た。嫌われても知らないよ？」

眉根を寄せて首を振る雅刀。

陽斗に対して琴乃に含むところはない。

実家が皇家と距離を取っているといっても別に敵対しているわけではないし、そのような行動をする理由もない。

単に皇の孫が入学してくると知って興味を持ち、接触してみたら思いの外可愛らしい男の子だったので、構いたくなっただけのことである。

ただ、琴乃の場合、気に入るとつい意地悪をしたくなってしまうという悪癖がある。別に虐めるとか追い詰めるという心に傷を負わせるようなものではないのだが、相手が驚いたり困ったりする顔を見るのが好きという、少々子供っぽい倒錯気味な性癖があるのだ。

なので、バザーで引っ張り回したり、今回のオリエンテーリングの責任者を押し付けたりしたというわけである。

「本人は気にしていないみたいだけど、そのうち四条院さんや天宮君が怒ると思うよ」

「穂乃香さんも見ていて楽しいわよねぇ、愛情表現が初々しくて。でもやっぱり陽斗くんの可愛さは頭ひとつ抜けてるわ！」

テンションが上がって陽斗を名前呼びし始めた琴乃に、雅刀は困ったような顔をして溜息を吐く。

「あら？　あらあら？　もしかしてヤキモチを妬いてくれるのかしら？」

「琴乃さんは意地悪だね」

「ふふっ、ごめんなさい。そうそう、来週からお父様の滞在している北海道に行くつもりなのだけど、一緒に来てくれるかしら」

「はいはい、お供しますよ。御当主様からも来るように言われているからね」

雅刀はヤレヤレといった感じで肩を竦めると、琴乃の隣に腰を下ろした。

Ｓｉｄｅ　賢弥

白い砂浜。

透き通った青い海。

そしてはしゃぎ回る子供たち。

「こらーっ！　準備運動しなさーい‼」

「へへ～ん！　や～だね！」

「あー！　お兄ちゃんが私の浮き輪盗ったぁ！」

実に賑やかである。

「ふぎゃっ！」

「痛っ！」

鍛えられた長身の男子がやんちゃな男の子を両腋に抱え上げてパラソルまで戻ってきた。

「ちゃんと準備運動をしないと怪我をする。それと、妹を泣かすな」

「「ごめんなさい」」

賢弥が小学生の弟たちを叱ると、意外にも子供たちは素直に謝った。

その様子をニヤニヤしながらセラがからかう。

「相変わらず良いお兄ちゃんしてるわよねぇ」

「おかげでゆっくりすることもできないがな。まったく、悪いな、おふくろの我が儘に付き合わせて」

賢弥が真面目くさった顔でそう言うとセラは肩を竦める。が、その顔は笑ったままだ。

「別に構わないわよ。海なんて久しぶりだしね」

賢弥とセラがいるのは伊豆諸島にあるリゾート施設だ。

夏休みともなれば子供たちが遊びに連れて行け、と大合唱を繰り広げるのは黎星学園に通う子女の家も同じ。ましてや小学生の弟妹がいれば尚更だろう。

武藤家もまた賢弥の弟妹たちが海に行きたいと騒ぎだした。といってもこれも毎年のことであり、夏休みは1週間程度どこかの海に行くことが恒例となっている。

子供が4人もいれば旅行をするのは負担になるが、武藤家もそれなりに裕福な家なので問題ないようだ。

ただ今回は母親同士が友人でもある都津葉家も誘い、一緒に来ることになった。

賢弥とセラは幼馴染みではあるが、実はこうして二家族で旅行というのは初めてのことだったりする。というのもセラは中学時代はイギリスに留学していたし、小学生の頃は賢弥の弟妹たちはまだ小さくて旅行どころじゃなかったからだ。

「ふふ～ん、どうよ、私の水着姿は！」

賢弥がパラソルの下で弟妹たちに目を光らせつつサンオイルを自分で塗り始めると、セラは羽織っていたパーカーを脱ぎ捨ててポーズを取ってみせる。

堂々とした態度に相応しく、なかなかのプロポーションである。

まだ多少の子供っぽさはあれど、充分女性らしい体つきと整った容姿は、ここが本州の海水

浴場であれば瞬く間にナンパ男共に囲まれたことだろう。

だがこの沈着な幼馴染みには通用しないようだ。

健康的な肢体を見せつけるビキニ姿に片眉を上げて息をつく。

「ぶーっ！　反応が薄いわよ！」

「いまさらセラの水着見たところでどうしろと？」

賢弥の言葉通り、ふたりの付き合いはほんの幼子の頃からだ。家族ぐるみの関係であり、ほとんど兄妹のように育ったのだ。

実際、小学校低学年までは一緒に風呂に入ったこともあったし、セラの両親が仕事で忙しかったために、武藤家に泊まることも多かった。

互いに知りすぎていて、いまさら恋愛感情を持つような間柄ではない。

賢弥の反応に膨れていても、セラも似たような感覚なのか、次の瞬間にはあっけらかんと笑っている。

「肩の方は大丈夫なの？」

「なんともない。少し擦り傷と痣ができただけで大した怪我じゃないからな。普段の稽古で師匠に殴られたときの方がダメージがあるくらいだ。それに、その日のうちに天宮が傷薬を持ってきてくれた」

セラが賢弥の右肩に視線を向けるが、賢弥の言うとおり微かにかさぶたのようになっているだけで痣も残っていない。もっとも肩の負傷に気付いたのは壮史朗とセラだけのようで、陽斗も穂乃香もそのことを知らないのだが。

「天宮くんも雰囲気変わったわよね。入学当初だったら賢弥にそんな気遣いしたりしなかったんじゃないのかな」

壮史朗が賢弥を思いやったのが意外だったのか、その話を聞いてセラが感心したように言う。

「あいつは言葉はキツイが性格は悪くない。だから陽斗に懐かれて地が出てきてるんだろうさ」

「それは賢弥も同じじゃない。最初は『助けるつもりはない』なんて言ってたくせに」

セラが混ぜっ返すと賢弥は珍しく誤魔化すようにそっぽを向く。

「まぁでも気持ちは分かるけどね。陽斗くん可愛いわよね。一生懸命だし」

「……一生懸命なのは確かだが、アイツは危なっかしすぎる」

「そう？　別に無茶なことするわけじゃないし、普通に良い子じゃない」

憮然とした言葉にセラは首を捻る。が、賢弥は首を振った。

「人が好すぎる。それにあまりに自分の痛みに鈍感だ。ああいう奴は壊れるまで無自覚に無理をするぞ。無理をしてる認識がないからな」

「…………」

賢弥の懸念の理由はセラにも想像がついた。

つい先日のオリエンテーリングで陽斗から中学時代までの生活を聞いたばかりであり、そのあまりの凄絶さに言葉を失ったものだ。

「皇の爺さんのことだから充分に対策はしてるだろうが、学園の中までは目が行き届かないからな。頼まれたのはどうでもいいとしても、知り合ったからには多少は手助けしてやるさ」

「うわっ、素直じゃないわね。心配しなくても天宮くんや穂乃香さんもいるし、薫ちゃんも陽斗くんのことはかなり気に掛けてるみたいだから大丈夫よ」

「鴇之宮か。アイツはなにを考えてるのかわからん。悪意はなさそうだが」

賢弥は高等部に来てから交流することになった男装女子を思い浮かべて渋い顔をする。

「まぁ、なんにしても今は夏休みだし私たちに出来ることはないわね、って、冷たっ⁉」

言葉の途中でセラの頭上から思いっきり水が掛けられる。

驚いて振り返ると、バケツを持った賢弥の弟たちが大笑いしていた。

「こらぁっ！　アンタたち、やってくれたわねぇ！　待ちなさーい‼」

「うわっ、来た！」

「逃げろぉ！」

やんちゃ盛りの弟たちを追いかけていくセラを肩を竦めて見送る賢弥。

「……人の世話ばかり焼いてる場合じゃないか」

そう独りごちると、オロオロしている妹を慰めるべく足を踏み出した。

Ｓｉｄｅ　穂乃香

関東の海沿い、市街地を見下ろす高級住宅街の一角。

その中でも一際大きな屋敷の前に一台の車が止まる。車種といい佇まいといいかなりの資産家であることは間違いないだろう。

助手席に座っていたスーツ姿のガッシリとした男性が先に車を降り、恭しく後部座席のドアを開ける。

その中から出てきたのは見るからにお嬢様然とした美少女、穂乃香だ。

「ありがとう」

穂乃香はドアを開けた男性に一言声を掛ける。

名家の者の中には使用人は仕事で奉仕しているのだから、いちいち感謝する必要はないという考えの者もいるが、四条院家ではそういう教育はしていない。

たとえ報酬のある仕事であったとしても、その取り組み方は人それぞれだ。

同じ報酬であっても最低限の仕事しかしない者もいれば、誠心誠意仕事をこなす者もいる。

そして日々労(ねぎら)いの言葉を掛けられたり、要所で気遣われて嫌な気持ちになる者は滅多にいないだろう。逆に仕事に対する意欲が増すことが多いはずだ。

ならばたかが労いの言葉ひとつを惜しむ理由はない。その程度で増長したり上司を軽んじるような者は最初から必要ないのだ。

穂乃香は幼少時よりそう教えられてきたし、穂乃香自身も家柄が裕福だからといって他者を見下すような考えは嫌っていた。

今ではごく当たり前に労いの言葉を使用人や出先での施設スタッフに掛けている。

だからだろうか、四条院家では使用人の入れ替わりは少なく、皆が家の者に敬意を持って接してくれている。

北関東の地方都市郊外にある皇の屋敷とは比ぶべくもないが、四条院家の邸宅も充分に立派なものだ。

様式としては西洋的な建物で、形は一般的な戸建て住宅とそれほど違いはない。ただやはり大きさはかなりのもので、10以上の居室と広いリビングといった必要十分な施設が揃(そろ)っている。イメージはアメリカの高級住宅のような感じだろうか。

皇家のように門などに警備スタッフが常駐しているわけではないが、数人の警備員が別室でモニターを監視しながら待機している。

門を自分で開けて敷地に入ると、玄関がすぐに開いて女性が穂乃香を出迎えた。

「穂乃香、お帰りなさい」

「お母様、ただいま戻りました」

澄ました態度だったが、穂乃香の顔には喜びと家族に会えた安らぎに似た表情が浮かんでいる。

普段は黎星学園からさほど離れていない別宅で一人暮らししているので母親に会うのは久しぶりだ。

簡単な挨拶を交わして穂乃香は自室へ入り着替えを済ませ、改めてリビングに場所を変えて母親と会話を楽しむ。

前回帰省したのはゴールデンウィークだったが、それから交流が増えたクラスメイトや様々なイベントなど話は尽きない。

そうこうしているうちに夕方になり父親が帰宅する。

穂乃香は三人兄妹の末っ子だ。そのせいか父親からはかなり溺愛されており、月に二度は別宅へ穂乃香の顔を見に行くのを欠かさないほどだ。

つい先日のオリエンテーリングの2日前にも別宅に来ていたので、あまり離れて暮らしている気がしない。だが父親はそうでもないらしく、過剰なほどに穂乃香にまとわりついて邪険にされるということを繰り返している。

もっとも、思春期の女子に多いという父親に対する嫌悪のようなものはなく、単に過干渉気味の父に対する反発に近い。

「うふふ、高等部では良い出会いがあったようね。良い具合に肩の力が抜けているし、表情も随分と柔らかくなったわねぇ」

母、遥香が作ってくれた食事を囲みながら談笑していると、さり気なく娘の様子を見て柔らかく笑う。

「そう、でしょうか？　自分では分かりませんが。ただ、わたくしは経済的なものだけでなく、様々な部分で恵まれていると知ることができました。それと、背伸びをするのをやめましたわ。もちろん成長するための努力は大切ですが上ばかりを見ていると周囲が見えなくなってしまうことに気付いたので」

率直に語る愛娘に父親である彰彦も驚いた顔をする。

この年代の子供はどうしても自分を大きく見せようとしてしまうものだ。それ自体は悪いことではなく、背伸びしながら少しずつ見合うように成長していくものだからだ。

だが今の娘からはそんな気負いは感じられずに、自然体で話しているのが分かる。

黎星学園には家柄のこともあって精神的な成熟度が高い生徒は多いが、高等部に進学してわずか数カ月しか経っていないのだから、余程心境が変化するような出来事があったか、影響を受ける人物との出会いがあったということなのだろう。

遥香が指摘するまで気づけなかった変化だ。父親としては少しばかり情けなく思ってしまう。

「中等部の頃は四条院家を意識しすぎて無理をしていたようだったから心配していたが、それなら安心できそうだな。ただまぁ、父親としてはあまり早く成長して欲しくないという気持ちもあるから複雑だなぁ」

「そうねぇ。あんなに小さかった穂乃香に気になる人ができるなんて、私も歳をとったということかしらぁ」

「な!?」

「はぁ!?」

しみじみと口にした遥香の言葉に穂乃香と彰彦が揃って動揺の声を上げる。

「は、はは、遥香!?　き、聞いていないぞ?　だ、だ、誰なんだ!?」

「ど、どうしてそうなるんですの!?　そ、そんな人なんて、わ、わたくしは……」

動揺のあまり口角泡を飛ばす勢いで詰め寄る彰彦と顔を真っ赤に染めて言葉を濁す穂乃香。

もはや遥香の言葉を肯定しているようなものだ。

「だってぇ、穂乃香くらいの年頃の女の子が変わるのは異性の影響って相場が決まっているじゃない。それも良い方に変わったってことはとても良い方なんでしょう？　あの学園に入学しているのなら家柄的には問題ないでしょうし、穂乃香がお付き合いしている方なら私も早めに会っておきたいわねぇ。……そう言えば、前に電話で話していた男の子、確か名前は、さい……」

「は、陽斗さんとはそのような関係ではありません！　その、ご自分が辛い境遇で暮らしていたのに、真っ直ぐで優しさと強さをもった、と、とても尊敬できる方なのは確かですけれど」

慌てて遥香の言葉を遮ったものの、それが単なる自爆であることに穂乃香は気付いていない。

「ふ、ふふふ、よろしい。可愛い穂乃香にまとわりつく小僧は私直々に見極めねばならんな。新学期が始まったら出来るだけ早く会いに行くことにしよう」

「あらあら、父親が子供の色恋に口を出すと嫌われるわよ？　でも私も興味があるから行くなら一緒に行こうかしら」

「で、ですから！　そんなんじゃありません!!」

食事の途中だというのに大騒ぎである。とても良家の食卓とは思えない。

彰彦と穂乃香が落ち着くまで食器を片付けられずに困り顔の給仕のメイドであった。

Side　壮史朗

コンコンコン。

自室で机に向かっていた壮史朗は扉を叩く音に顔を上げた。

「はい、どうぞ」

「壮史朗さん、橘の事務所から報告書が届きました」

ドアを開けて入ってきた中年の女性がそう言いながら封筒を壮史朗に渡す。

「ありがとう。父さんは？」

「旦那様はまだお帰りになっておりませんが、本日は早めに帰宅すると伺っています」

「そう、ありがとう」

頷く壮史朗の顔には特に何の感情も浮かんでいない。

家での壮史朗は基本的に感情を表に出すことはない。

壮史朗の生家である天宮家は明治時代初期に造船業で財をなし、代々重工業を中心に多角的な事業を展開するＡＧＩグループを経営する創業家だ。

その事業規模や資産は皇家や錦小路家には及ばないものの、四条院家と同格であり、国内でも屈指の名家である。

当然、その嫡子である壮史朗は幼少期より天宮の家に相応しい振る舞いを求められており、結果として自分にも他人にも人一倍厳しいという性格が形成されたわけだ。

もっとも、最近は周囲の同級生たちの影響でかなり緩和してきているようだが。それともうひとつ、壮史朗の人格形成に大きな影響を与えている理由がある。

壮史朗が受け取った封筒を開く。

中に入っていたのはＡ４のコピー用紙が十数枚。

「……そういうことか」

書類の内容に目を通した壮史朗がポツリと呟く。

これは天宮家が抱える調査会社に壮史朗が個人的に依頼した調査結果の報告書だ。

そこに記載された内容を読んで、どこか腑に落ちたように深く溜息を吐く。

「調査に間違いがあるとは思えないが、これが事実だとすると、とても僕には真似できそうにないな」

書類を封筒に戻し、デスクの引き出しにしまうと複雑そうな声音で独りごちる。

と、その直後唐突に部屋の扉が開かれた。

「よう、壮史朗。帰ってたんだな」

無遠慮に部屋に入ってきたのは大学生くらいの男。

肩に掛かるくらいの長めの髪を金色に染め、ピアスやブレスレットを身につけている。どこからどう見てもチャラ男である。

「何度も言ってるが、部屋に入るときはノックくらいしてくれないか」

応じる壮史朗は溜息混じりだ。

「相変わらずの堅物ぶりだな。別に良いだろ？　兄が弟の部屋に入るのにいちいち面倒なことしてられねぇって」

壮史朗の言葉に何ら感じるものはなさそうに兄、京太郎は笑みを浮かべる。

「珍しく帰ってくるなんて、何か用事でもあったのか？」

「いや？　母さんが帰ってこいってしつこいから顔を出しただけだ。２日くらいしたら戻るさ。友達と約束もあるし、せっかくの休みに実家で引き籠もってられるかよ」

あっけらかんと言う京太郎に対しても壮史朗は淡々としている。

４つ年上の兄に対する態度とは思えないが、ふたりのやり取りは以前からこのようなものだ。

別に仲が悪いということは無いが、明るく社交的で自由人気質の兄と、生真面目で融通の利かない弟という、両極端な性格なために相性自体はあまり良くない。

京太郎の方は気にしていないようだが、壮史朗はどちらかといえば兄を避けているといえる。

「随分遊び歩いてるって聞いてるが？　そんなことで卒業大丈夫なんだろうな」

「いや、正直遊びすぎてあんまり余裕はないな。まぁ一応計算してるし、大丈夫だろ。それに卒業したらどうせ天宮の系列企業に入ることになるんだし、気負ってもなんにもならないからな」

　京太郎の態度に、壮史朗が眉を顰める。

「兄さんは天宮の跡取りだろ。ゆくゆくはグループ会社を統括する立場になるというのに」

「努力しようが適当にやろうが、結局は同じ道を行くんだから今のうちに楽しまないでどうすんだよ。良いんだよ、優秀な人間は山ほど居るんだからそういう奴に任せときゃ」

「………」

　京太郎は昔からこうだった。

　天宮家の長男として生まれ、何不自由のない暮らしと恵まれた環境が最初から用意されていた。旧家にはよくあることだが、長男が何よりも優先され、次男はあくまで長男のスペアという扱い。

　それは京太郎と壮史朗にも当てはまった。といっても、極端に扱いに差があったわけではないし、愛情を注がれなかったというわけでもない。

　ただ京太郎は割と甘やかされ、壮史朗は厳しく育てられた。

　それでも幼い頃の壮史朗は兄を尊敬し、慕っていた。

　京太郎は物覚えが良く、頭の回転が速い。運動神経も優れていて、壮史朗は何でもそつなくこなす兄に憧れていたものだ。

だがいつからか京太郎は必要最低限のことはこなすものの、それ以外は自由気ままに行動するようになった。

中学高校こそ黎星学園だったものの、大学は都内の私立に通いながら一人暮らしをしている。それは将来が自分の意思とは関係なく敷かれたレールの上を走らざるを得ないことに対する反発なのか、それとも諦めなのかはわからない。

対して壮史朗はその反動で逆に『天宮家として恥ずかしくない』ことを親に強いられた。

壮史朗はそのこと自体に不満はない。

家を誇りに思っているし、天宮に相応しい人間になることを当然のように自分に課している。

だが、それだからこそ兄の自由さが気に障るし、残念にも思う。

「随分違うな」

脳裏に浮かんだのはひとりの少年の姿。

「ん？　何がだ？」

「いや、なんでもない」

自由気ままと言っても所詮は親の庇護(ひご)のもとで好き勝手にしているだけ。

壮史朗にしても裕福な家柄で不自由なく過ごしている。

飢えに苦しみ、暴力に脅え、嘲笑に晒されながらも努力を続け、優しさと思いやりを失わずにいた同級生と比べて、あまりに自分たちが子供じみているように思えてならない。

（一度兄さんにも会わせてみたいな）

そんなことを考えながら、久しぶりに京太郎とゆっくり話をしてみようかとデスクから立ち上がった。

Ｓｉｄｅ　薫

「薫お嬢様、旦那様と奥様がお呼びどす」

「わかった。居間かい？」

「いえ、奥座敷に来るようにと」

薫が尋ねると年かさの女性が答える。

「やれやれ、形式張ってるのも相変わらずだね。茜さん、用件は聞いてる？」

「あたしは聞いておりませんな。でもあまり機嫌が良くないようやので……お嬢様も帰って来るなり大変どすなぁ」

京訛りの独特な口調で茜と呼ばれた女が苦笑気味に言う。

彼女は長年家のことをしてくれている通いの家政婦だ。それだけに薫に対しても親しげで鷹之宮家の事情もよく知っている。

鴇之宮家は公家(くげ)の流れをくむ名家だ。

といっても立派なのは歴史だけで明治期にはすでに没落し、資産を切り売りしながら細々と続いているにすぎない。

それでもかつては広大な荘園(しょうえん)を所有していたため、大戦頃まではそれなりに体面を保てていたらしいが、今ではこの無駄に広いだけで手入れも満足にできない古い家が残るばかりだ。

大昔は大勢の使用人が住み込みで働いていたようだが、今では茜ひとりだけ。それなのにいまだに旧家などと嘯(うそぶ)いては陰で失笑されているのにも気づかない。

まるで亡霊のようだと薫はずっと感じていた。

兄もそんなこの家を嫌い、母親の望みを叶(かな)えるという体裁で東京の国立大学に進学して以降、滅多に帰ってこなくなった。薫との関係は悪くないので電話では定期的に話をしているが。

そして今、薫の格好は艶(あで)やかな和服姿である。この家にいる間は常に和服を着ていなければ母親が煩(うるさ)いのだ。もちろん普段学園にいるときのような男装などもってのほかである。

「失礼します。薫です」

「入りなさい」

奥の間に続く襖(ふすま)の前で膝をつき声を掛けるとすぐに返事があった。

薫は作法に則って襖を開き中に入る。

奥の間の上座に座っていたのは和服姿の父、佳忠と母、華絵だ。

「お呼びと伺いましたが」

仕草は上品だったが口調はいささか乱暴に薫が問うと、華絵の方が顔を顰めた。だが家長である父の前で薫を叱責することができず、目つきを鋭くするだけだ。

「お前の見合いが決まった。相手は旧華族のご子息で」

「お断りします」

佳忠の言葉が終わらぬうちにきっぱりと断る。

「薫さん！　お父様に向かって何ですかその口の利き方は！」

たまらず華絵が声を荒らげるが、薫はそちらを向こうともせず佳忠に冷たい視線を浴びせる。

「何度も言っていますが、私は見合いなどするつもりはありません。もし勝手に決めて騙し討ちのように会わせるのなら徹底的に相手に恥をかかせて断ってもらいます」

「な!?」

これ以上ない明確な拒絶。両親が揃って絶句する。

「お前はなにを言っているのか分かっているのか！　親に守られねば何もできない子供の分際で！」

ようやく絞り出すように佳忠が言うも、薫は鼻で笑ってみせる。

「では勘当でも何でもしてはいかがですか？　それともこの家に連れ戻して監禁でもされますか？　どちらにしても鴇之宮家の体面は回復しようがないくらい傷つくでしょうね。私は別にそれでも構いませんが」

薫にしてみれば今どき家のために娘を見合いさせようとすることも、そんな状況にあってすら相手の家柄にこだわっていることも、どちらも滑稽でしかない。

もちろん実家の支援なしで学園に通い続けることはできないので、勘当されれば困るのは確かだが、すでに成人している兄に保証人になってもらい、奨学金を借りたりすれば他校へ編入することくらいならできるだろう。

これまでに学園で築いてきた人脈も役に立つことがあるかもしれない。

薫の態度から本気であると感じたのか、佳忠も華絵も腹立たしげに睨むだけで、これ以上言葉を重ねることはできないようだ。

一応体面を気にして何もできないだろうと踏んでいた薫だったが、それでもその情けない姿に蔑みよりも悲しさを覚える。

信念もなにもなく、体面を盾にされれば娘にすら怒ることもできない。

「お話がそれだけでしたら私は戻ります。次にこちらに来るのは冬期休暇になるかと思います。

さすがに親族もいらっしゃるでしょうから」

「薫、待ちなさい！」

呼び止める華絵を無視して奥の間を後にする。

これ以上の会話を拒絶するように荒っぽく襖を閉めると、自室に向かって足早に歩き出す。

先ほどまではそれなりに旧家の令嬢らしい仕草を心がけていたが、もうそんな気も失(う)せているので、和服でありながらことさらドカドカと粗雑に歩いている。

自室に入り、まだ荷ほどきもしていなかったキャリーバッグに近づいたとき、ふと姿見が目に入る。

そこに映っているのは、華やかな柄の着物をまとった気品のある令嬢。

「キミは誰だい？　偽りの花で飾り、薄っぺらな笑みを貼り付けて、キミは何がしたいんだ？」

舞台の台詞(せりふ)のように、あるいは道化師のように芝居がかった言葉を鏡の向こうに投げかけ、すぐにフッと皮肉げに唇を歪(ゆが)め肩をすくめる。

「やれやれ、ボクもまだまだ修行が足りないな。何度も同じことを繰り返してしまう。両親を笑えないね」

部屋の中は空調が効いているとはいえ気密性の低い日本家屋で着物は暑い。幼い頃から慣れているのでそれほど汗はかかないが、薫はそれすらも自分をこの家に縛り付ける鎖のように感じていた。

手早く普段着に着替えると、着物を簡単に畳んで部屋の入口近くに置く。そしてキャリーバッグを片手に部屋を出る。

「薫お嬢様、もしかして、もう戻らはるんどすか？」

「あ、茜さん、またケンカになっちゃったからね。延々お小言を言われるのも嫌だから寮に戻ることにするよ」

「はぁ〜、しゃあないどすなぁ。旦那様と奥様は私が宥めとくさかい、懲りずにまた帰ってきてください。なんやかんや言うても、おふたりともお嬢様が心配なんどすえ」

「いつもゴメンね。あ、それと、着物の始末も頼んでいいかな？」

「はいはい、ほな、お気ぃつけて戻っとぉくれやす」

仕方ないとばかりに苦笑しながら首を振る茜に申し訳なさそうに頭を下げ、薫は外に出る。

「まさか来たその日のうちに帰ることになるとは思ってなかったな」

言いながら振り返り、まだ高い日差しを浴びていながら、どこか影を帯びる屋敷を見やる。

「彼ならこの家を見てどんな思いをもつのかな？　それとも、ボクが彼みたいだったらもっと違う家族になれたのかな？」

誰に聞かせるでもない問い。

それはまるで泣いているようにも聞こえた。

第九話　お出かけと思わぬ邂逅

「ねぇ陽斗、お出かけしない？」

8月も半ばを過ぎ、夏休みも後半となったこの日。

いつものように陽斗は重斗たちと一緒に朝食を摂っていた。

そろそろこの屋敷での生活がひと月になろうとしている桜子は、今ではすっかり馴染んだ様子で気ままに過ごしている。

初日こそ過剰なスキンシップで陽斗を困惑させた桜子だったが、意外なことに一緒に暮らしてみると陽斗の精神的負担になるような接触は少なく、挨拶のハグと、言葉を交わしたときに頭を撫でられる程度だ。

まぁ、高校生の男の子相手だと考えればやり過ぎと思わなくもないが、それでも桜子の距離感は重斗や他のメイドたちと比べても絶妙であり、陽斗も接するのにあまり緊張せずに済んでいる。

「……どこに連れて行くつもりだ？」

唐突な申し出に驚いた陽斗に代わり、眉を顰めた重斗が桜子に聞き返す。

その口調から、その提案にあまり賛成していないのがわかる。

「仕事の打ち合わせで都内に行くから一緒に食事やお買い物をしたいと思ったのよ。せっかくの夏休みなのにずっと屋敷から出ていないみたいだし、たまには外出したらどう？　出かけたくないってわけじゃないんでしょ？」

桜子は聞いてきた重斗ではなく、陽斗の方を見ながら言う。

「あ、あの、僕は……」

陽斗がチラリと重斗の顔色を窺うと、重斗は桜子を睨め付けながら難しい表情をしているのに気付いて言葉を濁す。

そんな陽斗を見て、桜子は今度は重斗に向かって厳しい目を向ける。

「兄さん、陽斗を大事にしてるのはわかるし、あんなことがあったんだから心配なのもわかるけど、籠に閉じ込めるようなことは良くないわよ。それじゃあ陽斗が気を遣って行きたいところも言えないわ。これまで見ていて陽斗がとても優しいことも、兄さんたちのことを大切に思っていることもわかったけど、だからこそもっと自由にさせてあげないと駄目じゃない。陽斗は愛玩動物じゃないのよ」

「む、むぅ……」

ピシャリと言い切る桜子に、重斗が言葉を詰まらせる。

思い当たることがありまくりなのだから当然だ。

重斗とて別に陽斗を閉じ込めておきたいというわけではない。

当初は休み期間中は陽斗と水入らずで南の島のバカンス、などということも考えていたほどだ。

だが長い間行方不明となっていた陽斗が保護されたことで、財界や政界に様々な動きが生まれてしまっている。世界でも屈指の資産家である重斗の直系の孫の存在というのは非常に大きいのだ。

それだけにできるだけ陽斗に負担がかからないよう、重斗自らが方々に働きかけを行っており、今しばらくはまとまった休みを取ることが難しい。

それに重斗の目の行き届かない場所へ陽斗が出かけるということが心配であった。

おそらく陽斗はそんな重斗の心情を察したのだろう。この屋敷に来て、陽斗の口からどこかへ出かけたいと言い出すことはほとんどなかった。

もちろんそれは屋敷が充分に広く、使用人とはいえ多くの人と接することが出来ていることと、読書や料理といった趣味を充分に楽しめているのが大きいが。

「陽斗はまだ顔も名前も知られてないんだから、護衛が数人いれば大丈夫よ。陽斗に格闘技を教えてる女の子、角木(すみき)って言ったかしら？　あの子が陽斗の側(そば)で警護して、他にふたりくらい後からついていけば充分守ることが出来るし、陽斗もそれほど気を遣わなくて済むでしょ？私が仕事している間は近くを自由に見て回っていればいいし、それが終わったらこの家では食べられないジャンクなご飯にしましょ。もちろん嫌なら断っても良いけど、大叔母としては可愛い又甥とお出かけしたいわ。陽斗はどう？」

悪戯っぽく陽斗にウインクする桜子。

その表情を見ていると、陽斗はちょっとだけ我が儘を言っても良いような気持ちになる。

「お祖父ちゃん、僕、桜子叔母さんと出かけたいんだけど、良い？」

おずおずといった口調ながら、自分の希望を重斗に伝える。

「……むぅ、儂としては少々悔しい気持ちもあるが、陽斗がそうしたいなら良いだろう。確かにいくら広いとはいっても、家の敷地ばかりでは気詰まりになるだろうからな。ただし！ちゃんと護衛は連れて行くんだぞ。それと、比佐子も同行させる。陽斗の服や身の回りで必要な物もあると聞いているからついでに買ってくると良い」

重斗の言葉にパァッと表情を明るくする陽斗とは対照的に、げんなりとした表情を見せる桜子。

「他の者ではお前に押し切られるかも知れんからな。陽斗、桜子がなにか困ったことをしたら比佐子に言いなさい」

「ちょっとぉ、それじゃ私が監視されるみたいじゃない。私だって陽斗と羽を伸ばしたいのに」

「なんなら和田も付けるか？」

「もう、わかったわよ！」

思惑と違う方向に話が決まったのを不満そうにしながらも、桜子はそれ以上反論はしなかった。

桜子がこの屋敷に住むと言い出した際、条件として使用人たちへ命令をしないことと、和田、比佐子のふたりの指示に従うことを約束している。

桜子は自由人気質とはいえ、他人に理不尽なことを言ったり、不当に権力を振りかざしたりしたことはない。だが桜子の気まぐれと悪い意味での行動力で周囲を振り回したり、家や比佐子に迷惑を掛けたことがあったのは確かなので、桜子は大人しくその条件を呑んだのだ。

元々比佐子たちには頭が上がらないということも相まって、比佐子が目を光らせている以上、桜子が陽斗を振り回すことはないだろう。


朝食を終え、陽斗と桜子が準備をしている間に、和田が警備班の大山に指示して護衛の人選と警備態勢を整える。

直接の警護は桜子の提案通り角木杏子が担当し、大山と他数名が別の車で同行する。それとは別に4名が訪問予定の場所に先行することになった。

そして9時半を過ぎた頃、いつものリムジンに陽斗と桜子、比佐子、杏子が乗り込み出発した。

向かったのは都心にある美術館が複数立ち並ぶ場所だ。

桜子が言うには、そこで写真展を開催することになっているらしい。元々その準備のために日本へ戻る用意をしていて、比佐子から送られていた手紙に気付いたということだった。

そのため当初の予定を早めて帰国し、顔を出すつもりもなかった重斗の屋敷まで突撃したというわけだ。

結局、桜子の引っ越しや陽斗の恩人たちへの挨拶などを優先したため、先延ばしにしていた写真展の打ち合わせを今日行うことになっているのだそうだ。

1時間ほどの移動で目的地に到着した。公園を兼ねた広い敷地内にある建物のひとつにたどり着くと、ここで一旦別れることになる。

「それじゃ、私は打ち合わせに行くから。前もってメールでやり取りしてるから多分1時間くらいで終わると思うけど、それより掛かるようなら連絡するわ」

「私は桜子さんに付き添います。杏子さん、陽斗さまをお願いしますね」

「まったく、子供じゃないんだから少しは信用して欲しいものだわ」

桜子と比佐子は打ち合わせのために建物の中に、陽斗と杏子はその間近くを散策することにした。

「陽斗さま、美術館にでも入ります？　それとも公園でのんびりしますか？」

職務とはいえ、思いがけず陽斗と一緒に行動することになった杏子はご機嫌である。

もちろん少し離れたところには大山たちが陽斗と周囲を注視しているので、ふたりきりというわけではないのだが、陽斗といるだけでテンションが上がりまくっている杏子にとっては些細なことだ。

日々の鍛錬などで接する時間も多く、時折見せる無防備な笑顔にすっかり魅了された彼女は今では勝手に皇家甘やかし部隊副隊長を自称している。ちなみに隊長は彩音だ。

一人っ子だった杏子にとって可愛らしい弟は憧れであり、夏前に巻き起こった『お姉ちゃん』騒動でも一際エキサイトしていたひとりでもある。

そんな杏子の盛り上がりはさておき、陽斗は少し考えてから美術館を見て回ることにした。

公園でのんびりというのも良いのかもしれないが、せっかく久しぶりに屋敷の外に出てきたのだから色々と見てみたいという気持ちもある。

それに画集などを見るのは好きなので機会があれば実物を見てみたいとも思っていた。

「美術館に行きたいんだけど、大丈夫かな？」

「無理に桜子様の打ち合わせ終了に合わせる必要ないって比佐子さんも言ってましたし、そこまで広いわけじゃないですから多分問題ないですよ。えっと、今は何を展示してるんですかね？」

建物に近づくと、入口に『現代日本画展』という看板が出ていた。

陽斗は日本画と聞いてもどんなものかイメージがつかめなかったが、看板の背景に描かれている柔らかな画風に惹(ひ)かれたので予定通り見てみることにした。

と、不意に背後から声を掛けられて驚いて振り向く。

「あら？　陽斗さん、ですの？」

「え？　あ、穂乃香さん！」

そこにいたのは同級生の四条院(しじょういん)穂乃香と、20代半ばくらいの女性だった。

陽斗が返事をすると、穂乃香は嬉(うれ)しそうに笑みを浮かべながら足早に近づいてくる。

「奇遇ですわね。陽斗さんもこの展示を見に来られたのですか？」

陽斗を守るように前に回った杏子の態度に気を悪くした素振りも見せず、穂乃香が陽斗に問いかける。

「あ、えっと、叔母さんと一緒に来たんだけど、時間潰しに見てみようと思って。あっ、この人は護衛をしてくれている杏子さん。杏子さん、こちらは黎星(れいせい)学園でいつも良くしてくれているクラスメイトの穂乃香さんです」

陽斗から紹介された杏子は穂乃香に軽く一礼すると無言のまま一歩下がる。どうやら他人の前では護衛としての立場で対応することにしているようだ。

穂乃香の方も一緒に居る女性を簡単に紹介する。

「彼女は瓜生千夏さん。わたくしの身の回りを世話してくれている人で、こうして出かけるときはお目付役みたいなものですわ」

「よろしくお願いいたします」

彼女もまた折り目正しく一礼すると自然な仕草で穂乃香の後ろに下がった。

「ここの展示に四条院家が支援している日本画家も含まれていますの。なのでわたくしも見に来たのですわ。あ、あの、よろしければ陽斗さんも一緒に見て回りませんか？」

「ぼ、僕、日本画とか全然知らないんですけど、良いんですか？」

穂乃香の申し出に遠慮がちに聞き返す陽斗だったが、その言葉を聞いた穂乃香は笑顔で頷く。

「堅苦しく考える必要はありませんわよ。少しくらいならわたくしが説明することも出来ますし。何より、美術品というのは知識や値段ではなく、どう感じたかですから。単純に好きか嫌いかで良いんですよ」

穂乃香の言葉で少しばかり身構えていた気持ちが楽になる。

「そ、それじゃお願いします」

「はい。行きましょう」

こうして陽斗は思いがけず穂乃香と学校外で再会し、しばしの間、共に美術館を巡ることになったのだった。

受付で入場料を支払い、美術館に入ると、正面に飾られた巨大な桜の絵が目に飛び込んできた。絵画の大きさは縦2メートル、横幅は5メートル以上はあるだろうか。右側の桜の巨木から舞い散る花びらと背後に見下ろす形で港町が描かれている。大きさもさることながら、今にも風を感じることができそうなほどの迫力がある。

「すごい！」

感嘆の声を上げる陽斗に、微笑みながら穂乃香が絵や画家のことを説明していく。

「日本画と言っても、今は日本的なモチーフだけでなくグラフィックデザインや洋画の技法を組み合わせたものも多いんですよ。和紙や絵絹を基底材にして伝統的な顔料を使って描くという様式を守っていれば、あとは画家の感性ですから」

「そうなんですね。でも柔らかくて綺麗な絵が多いです」

穂乃香の言うとおり、日本画といっても、イメージするような掛け軸や水墨画ではなく、独特な色合いの美麗な絵でモチーフも現代的な物が多い。

良い意味で予想を裏切られた陽斗は、目を輝かせながら展示物を食い入るように見つつ、穂乃香の説明に耳を傾ける。

穂乃香は芸術にも造詣が深いらしく、絵の技法や画家のことなどをわかりやすく話し、陽斗はそれを聞く度に穂乃香に尊敬のこもった目を向ける。

穂乃香は照れるやら誇らしいやら複雑な思いで頬を染めていた。

「四条院家では芸術家、特に彫刻家や画家などの若い才能を支援することに力を入れています。ですから小学生や中学生向けのコンクールも主催していますよ」

ところどころで千夏が補足する。

「なんか、上流階級の名家そのものってイメージですよねぇ」

杏子も感心しているのかピンとこないのか、どちらとも言えない表情で会話に加わる。もちろん美術館の中なので声は控えめだ。

普通なら雇用主の子女の会話に使用人が口を挟むことはあり得ない。

しかし陽斗にはそういった常識はどうにも居心地が悪いらしい。せっかく護衛らしく大人しく口を噤んでいた杏子にも話を振り、それを無視するわけにもいかずに応じているうちに、いつの間にか4人で普通に会話を交わすことになったのだった。

「お嬢様は鑑賞する側としては造詣が深く審美眼も鋭いのですが、実践する側としてはかなり独特ですから」

「な!?　ちょっと、千夏さん！」

「特に絵画に関してはかなり個性的で。以前にも猫を描こうとして触手を伸ばしたスライムが、ムグッ……」

真っ赤な顔で千夏の口を塞ぐ穂乃香。

穂乃香と千夏は雇用者の家族と使用人というよりも、まるで姉妹か親戚のように気の置けない関係のようで、そのやり取りは楽しそうにも見える。

「なかなか鋭い体捌きですねぇ。鍛えればモノになるかも」

杏子が変な感心の仕方をしているが、さすがに陽斗もそれに反応しちゃいけない気がしたのでスルーする。

「は、陽斗さんは夏休みどう過ごされていたのですか？」

穂乃香がこれ以上千夏に余計なことを言われないよう、強引に話を転換させた。

「えっと、僕が以前お世話になった人たちにお礼をしに行ったのと、あとは家で本を読んだりお菓子を作ったりしてました」

「陽斗さまの作るお菓子は美味しいですよぉ！　毎回お相伴に与るために血で血を洗う争いが起こるくらいですから」

杏子がどこか自慢気に笑みを浮かべると、穂乃香がすかさず相槌を打つ。余程自分が描いた

絵の話に戻されたくないらしい。

「それは……羨ましいですわね。学園が始まったらまた料理部で作っていただきたいです」

「陽斗様が手ずから、ですか。もしかして給仕までして頂けるので？　……お金は出しますので一度お願いします」

「千夏さん！」

どうやら四条院家の使用人にもなかなか型破りな人がいるようだ。彩音と話が合いそうだ。

その後も展示品を見て回り、出口に着いた頃には1時間以上が経過しており、桜子と比佐子が待っていた。

途中、桜子から打ち合わせがもう少し掛かると連絡があったのでゆっくりと回っていたのだが、それがほんの少し前に終わって、陽斗たちが回っていると伝えた美術館に来てくれたらしい。

「そちらは、陽斗のお友達？」

桜子は陽斗と一緒に出てきた穂乃香に目を留めるとそう切り出す。

穂乃香はその視線を受けて、少しばかり緊張した表情ながらも落ち着いた仕草で優雅に一礼する。

「はい。初めてお目に掛かります。陽斗さんのクラスメイトで四条院穂乃香と申します。陽斗さんにはクラスだけでなく生徒会や部活動でもお世話になっております。どうかよろしくお願い致します」

穂乃香の自己紹介に桜子は一瞬驚いたような表情を見せた後、柔らかな笑みを浮かべる。

「あ、あの、穂乃香さん、この人は僕の……」

「穂乃香さんね？　私は鳳（おおとり）　美風と言います。陽斗の大叔母にあたるわね」

紹介しかけた陽斗の言葉を遮って桜子が穂乃香に言う。

何故（なぜ）か本名ではなく写真家として使っている名前の方で自己紹介をした。

「鳳　美風、さま、ですか？　あの、もしかして写真家の？」

特徴的な名前を、穂乃香はすぐに記憶から呼び起こして聞き返すと、桜子は「まぁ！」とやや芝居がかった仕草で驚きを表現する。

「名前だけで当てられたのは初めてだわ。もしかして私の写真を見たことがあるのかしら」

「は、はい。写真集を持っています。動物や鳥のとても自然な様子が切り取られたような写真ばかりで、見ているだけで幸せな気分になりますので何度も繰り返し見ております。ただ、写真集には鳳様のお顔は載っておりませんでしたし、詳しい経歴なども公表されておられないようなので、わたくしは勝手なイメージでもっとワイルドでエネルギッシュな方を想像しておりました。まさか陽斗さんの叔母様だったとは」

日頃の凛（りん）とした表情や態度とは裏腹に、穂乃香も年頃の女の子らしく可愛らしいもの好きだ。

特に犬猫や小動物、小鳥などは目に入るとついつい見入ってしまうほど好んでいる。

そのせいか、桜子が撮影した写真集を何かの機会に目にして購入して以来、出版される度に欠かさず取り寄せているほどらしい。

そんな穂乃香の内心が伝わったわけではないだろうが、それでも口にした賛辞が世辞ではないことが桜子にもわかり嬉しそうに口元を綻ばせた。

写真集に自分の写真を載せないのも、詳しい経歴を公表しないのも、身元が明らかになるのを避けるためであり、そのために桜子、鳳　美風の容姿を知る者は少ない。

「実はね、私はそろそろ写真家を引退しようと思っているの。今度この美術館で写真展を開く予定なのだけど、それを最後にするつもりよ。撮りためた写真はまだ沢山あるから写真集はまだいくつか出すかもしれないけど」

「そうなのですか？　とても残念ですけれど、大変なお仕事でしょうから無理は言えません。写真集を楽しみにしております」

桜子の人柄か、初対面なのに打ち解けた様子で話す穂乃香。

穂乃香の大人びた受け答えも影響しているのだろうが、桜子から見て穂乃香は好印象だったようだ。

蚊帳(かや)の外に置かれた形の陽斗だが、ふたりのやり取りを見る目に不満は浮かんでいない。

陽斗は身内である桜子と、尊敬しているクラスメイトの穂乃香が親しく言葉を交わしているのが単純に嬉しいのである。

むしろ所在なく立っているのは使用人の千夏と杏子である。

先程まで陽斗に引き込まれる形で主従関係なく談笑していたので、桜子の登場に立ち位置が定まらない。とはいえそんな心情を表に出すような真似はしないが。

ひとしきり話し終えたところで桜子が陽斗たちに顔を向ける。

「それじゃ少し遅くなっちゃったけど昼食にしましょうか。よろしければ穂乃香さんたちもご一緒にいかがかしら？　といっても、私たちは簡単に近くのファミリーレストランで済ませる予定だけど。四条院家のお嬢様を誘うのは失礼かな？　それともこの後何か予定ある？」

唐突な誘い。それも庶民的なファミレスというのに戸惑ったものの、穂乃香は少し考えてからその申し出を受ける。

「よろしいのですか？　お邪魔でなければご一緒させていただきたいと思います。特に予定もありませんので」

今日はもう別宅に帰るだけなので遅くなって困ることもない。なによりせっかく陽斗と会えたのだからこのまま別れるのも勿体なく感じる。

穂乃香がそう言いながら千夏に目配せをする。千夏は小さく頷いて了承するとスマートフォンを取り出して画面を操作し始めた。

どうやらメールを打っているらしく、おそらくは送迎の運転手や護衛の警備員へ予定変更の連絡をしているのだろう。

杏子の方も襟元に取り付けられた小さな器械に口を寄せて何か呟いているので、こちらも離れた場所で警戒にあたっている警備担当に報告をしているようだ。

そんなこんなで仕切り直しをした陽斗たちは歩いて通りに出る。

そしてすぐ近くにあった全国的なファミレスチェーン店に入った。

陽斗が新聞配達をしていた頃、社員の人たちに何度も連れてきてもらっていた店で、手軽さと価格が売りのレストランである。陽斗は慣れない高級店よりもこういう店の方が落ち着いて食事ができそうで安心していたりする。

逆に穂乃香はあまり来たことがないのか、興味深げに店内を見回している。

「あれはなんなのでしょう？」

「あ、あれはドリンクバーです。注文した人が好きな飲み物を自分で取りに行くんです。何回もらっても良いんですよ」

穂乃香が思わず疑問を呟くと、それを聞いた陽斗が答える。

「ファミリーレストランというのはそういうシステムになっているのですね」

感心したように頷く穂乃香に、陽斗はちょっと恥ずかしそうだ。

いつもは陽斗が穂乃香から教わるばかりで、ようやく陽斗が教えることができたのがファミレスのドリンクバーというのは、今になって少々情けなく思えてしまっている。

「せっかくなのでわたくしも注文してみますわ。陽斗さん、使い方を教えてくださる？」

「う、うん」

大人数向けのテーブル席に案内され、席に着くと穂乃香はそう言って陽斗に笑いかける。陽斗の様子を見て気を遣ったのだろう。それに実際、穂乃香にとっても初めての体験なので興味もある。

「さぁ、好きな物を頼んで頂戴。私はこのお店のデザートが好きなのよ。帰国したら来ようと思ってたけれど今まで来られなかったから」

桜子は写真家として成功しているので皇家を抜きにしても経済的には充分すぎるほど余裕があるが、好みは随分と庶民的らしい。

席に着くなり早速メニューを開いてパスタとサラダを一品ずつ選んだ後、デザート欄を食い入るように見ている。

陽斗はミートドリアとドリンクバーを、穂乃香はサンドイッチとドリンクバーを注文する。

比佐子と千夏は日替わりランチセット、杏子はというと、グリルチキンにパスタ、ピザなど、とにかくたっぷりな量の料理を選んでいた。

小柄な割に大食いな彼女は、桜子の奢(おご)りでなくても経費で落ちる目算でもってここぞとばかりに胃を満たすつもりのようだ。

もっとも、後で警備班長の大山から怒られることになるのだが。それ以前に比佐子が眉を顰めていることにも気付いたほうがいいだろうに。

店員に注文を伝え、陽斗と穂乃香はドリンクバーへ行く。残された桜子たちはその様子を微笑ましそうに見守っている。

「あの子たち、付き合ってたりするのかしら」

「いえ、そういったお話は聞いておりません」

水を向けられた千夏は言葉を濁す。

雇用主の娘のことをベラベラと話すわけにはいかないので当然である。が、桜子は気にする風もなくニヤニヤと人の悪い表情を浮かべる。

「……桜子さん」

「な、なにもしないわよ！　ただ、良い娘(こ)そうだし、陽斗も随分嬉しそうだから気になっただけだって」

比佐子の低い声に慌てて言い訳する。

「桜子？　まさか……」

「あ～、言っちゃ駄目よ。色々と事情があるし、そのうち説明することになるだろうから、それまでは、ね」

「は、はい。承知致しました」

比佐子が口にした名前に反応した千夏だったが、桜子に釘を刺されて頷いた。

たっぷりと時間を掛けて飲み物を選んでいた陽斗と穂乃香が席に戻ると、丁度そのタイミングで料理が運ばれてくる。

そうして陽斗たちは和やかな雰囲気のまま食事を始めるのだった。

「本日はありがとうございました。とても楽しい時間を過ごすことができましたわ」

「僕の方こそ、穂乃香さんたちと一緒で楽しかったです」

ファミレスでの食事を終えたところで穂乃香たちとは別れることになった。

桜子はこの後の買い物も誘ったのだが、さすがにそこまでお邪魔するのは、と穂乃香が固辞したのだ。

「それではまた学園でお会いできるのを楽しみにしていますね」

そう言い残して穂乃香は千夏を伴って去って行き、陽斗たちも車に乗り込んだ。

その後、立ち寄ったデパートで必要なものを買いそろえ、帰路についたのは真夏の太陽が赤みを帯び始めた頃だ。

「そろそろ帰らないと兄さんが心配してヘリで迎えに来そうね」

そんなことを言う桜子に、冗談では済まないような気がして陽斗と比佐子がクスリと笑う。

時間帯のせいで行きよりもかなりかかったが、それでも暗くなる前に屋敷がある地域に戻ってくることができた。

高速を降りて市街地を抜ける。

「あれ？」

あと10分ほど走れば屋敷の壁が見えてくるという時、窓から流れる景色を見ていた陽斗が不意に声を上げる。

「あ、あの！　さっき通り過ぎた公園に戻ってください！」

次いで運転席に向かってそう言うと、桜子と比佐子が怪訝(けげん)そうに陽斗を見る。

「陽斗、どうしたの？　何かあった？」

「う、うん。ちょっと気になって」

「そう、わかったわ。ってわけだから陽斗の言ってた公園まで戻ってちょうだい」

速度を落としながらも、どうしていいか分からず戸惑っていた運転手に桜子が指示を出す。

リムジンは次の信号を左に曲がり、大きく回り込むように元の道に戻って公園の横に停車する。

公園はそれほど大きくない。住宅街によくあるような児童公園だ。

「あそこの、大きな木の下のベンチに小さな子供がいるんだけど、近くに親は居ないみたい。もうすぐ暗くなるのに」

「え、ええ、そうね」

陽斗の指さす方を見ると、確かに幼稚園か小学校低学年くらいの女の子がベンチにポツンと座っているのがわかった。

夏でまだ明るいとはいえ、すでに公園内に他の人の姿はなく、何をするでもなくただ座っているばかりの子供が奇妙に見える。

とはいえ桜子には陽斗が何を気にしているのか今ひとつ理解できず首を捻(ひね)る。

「僕、ちょっと行ってくるね」

そう言い残して止める間もなく陽斗はリムジンを飛び出していった。

慌てたのは比佐子と助手席の杏子である。

「ちょ、陽斗さま!?」

杏子が急いで陽斗の後を追う。

ようやく追いついたとき、陽斗はベンチの女の子の前でしゃがみ込んで声を掛けていた。

「急に声を掛けてゴメンね。キミはひとりなの？　お母さんは？」

その言葉に、女の子は肩をビクリとさせると、すぐさまその瞳に涙を浮かべた。

第十話　公園の少女

陽斗が優しく声を掛けた直後、女の子の目からポロポロと涙がこぼれる。

「ママ、ママが、ヒック、まなに……」

嗚咽に声を詰まらせながら女の子が必死に何かを伝えようとする。

「大丈夫だよ。ゆっくりで良いからね？　まなちゃんって名前なのかな？」

陽斗がニッコリと笑顔を見せながら女の子の頭を優しく撫でた。

いつものどこか頼りなさを感じさせるものではなく、まるで兄のように寄り添うその態度に、追いかけてきていた杏子や桜子が驚いている。

「暑かったでしょ？　何か飲む？」

いつしか陽斗の腕にしがみつくようにして泣き続ける少女に陽斗がそう問いかけた直後、スッと冷たいスポーツドリンクが差し出された。

「あ、ありがとう比佐子さん」

陽斗がそれを受け取り、キャップを外して少女に手渡すと、キョトンとした顔で陽斗を見返す。そしておずおずと口をつけた。

やはり喉が渇いていたのだろう。遠慮がちに一口含んだ後はゴクゴクとすごい勢いで飲み干していく。

「どこの子なのかしら。ねぇ、おうちは近くにあるの？」

飲みきって落ち着いたのを見計らって桜子が尋ねると、少女はビクッとして再び陽斗の腕にしがみつく。

「大丈夫。僕たちは何も恐(こわ)いことはしないよ。まなちゃん、だね？　まなちゃんはどうしてここに居たの？」

「まなはね、まなかっていうの。ママにここにいなさいっていわれたの。ママ、かえってこないの。グスッ」

説明しているうちに思い出したのか、また目に涙を浮かべる少女。

陽斗は彼女をそっと抱き寄せて背中を撫でながら比佐子の方を見る。

「迷子でしょうか。それとも」

「とにかくもうすぐ暗くなってくるし、このまま放っておけないわね。比佐ちゃん、彩音ちゃんに連絡して警察と児童相談所に届けを出してもらいましょう。それからこの子は皇(すめらぎ)家で一旦保護するわ」

桜子の言葉に、比佐子が眉を顰(ひそ)める。

「皇家で、ですか？」

警察や児相に連絡するのは当然として、陽斗が声を掛けたとはいえ皇家で保護する理由が分からない。

「いまさら施設で保護ってことになったらこの子が寂しがるわ。陽斗に懐いたみたいだし、それに」

「？　っ、分かりました。渋沢さんに必要な手続きをとってもらいましょう。旦那様にも私から報告しておきます」

言葉の終わり際、桜子が意味ありげに少女へ目を向けると、その視線の先を辿った比佐子が一瞬息を呑み、そして頷いてリムジンに戻っていった。

「ねぇ、まなちゃん。もうすぐ暗くなるし、お腹すいたでしょ？　ママのことはおばちゃんがお巡りさんに言って捜してもらうから、それまでウチで待ちましょうか。おっきいお風呂も美味しいご飯もあるわよ。もちろんお兄ちゃんも一緒よ」

「おにいちゃんも？　ほんと？」

お風呂やご飯という言葉よりも、陽斗と一緒という部分に反応した少女だったが、すぐに躊躇うように顔を曇らせる。

「でも、ここにいないとママにおこられる」

「大丈夫よ。ママは私たちがちゃんと捜すし、どこに居るのかも伝えるから、すぐに迎えに来てくれるわ。だから一緒に行きましょ？」

端から見ると誘拐現場のようにも思えるが、きちんと手続きをすれば問題ない、はずだ。

その言葉に少女は嬉しそうに陽斗の手をキュッと握り、陽斗は彼女を連れてゆっくりとリムジンまで歩いて行く。

「杏子ちゃん、大山さんに周辺に母親がいないかと、この子の身元を確認するように伝えて。それから公園の状況を撮影して警察に説明できるように」

「わかりました。調査会社にも依頼しますか？」

「そうね、警察と児童相談所とも連携して動くようにしてくれる？　後は彩音ちゃんの指示で動いてちょうだい」

桜子の言葉に頷くと、杏子は公園の入口で待機している大山たちに向かって走っていった。

「いやぁ！　おにいちゃんといっしょにはいるのぉ！」

お風呂の脱衣所の前で駄々をこねる少女に困った顔を見せる陽斗。

どうしたのかといえば、皇家の屋敷に戻った少女と陽斗たちが食事を終えて、さて入浴を、となったところで少女がどうしても陽斗と一緒に入ると言って聞かなくなってしまったのだ。

就学前の幼子とはいえ赤の他人。それも高校生男子が一緒にお風呂というのはどうなのかというわけで、最初は陽斗の専属メイドである裕美が一緒に入る予定だった。これは少女の身体（からだ）の状態を確認するという理由もある。

だが、最初に声を掛けたからか、それとも警戒感を持たれない外見のせいか、少女はすっかり陽斗に懐いて片時も離れようとしないのだ。

屋敷に着いたときも、食事のときも、常に陽斗の服や腕を摑（つか）むか、息づかいを感じられるほど側（そば）に居ようとする。まるで唯一安心できる場所から離れるのを恐れるように。

そんなわけで、お風呂に入るために陽斗と離れるのさえ拒否する少女に困り果てているわけだ。

とはいえさすがにこの季節かなり汗もかいているし、正直あまり衛生的な生活をしていなかったのか、少女は髪も身体もかなり汚れているし臭いもある。

「仕方がありませんね。陽斗さま、茉菜花（まなか）ちゃんをお風呂に入れてあげてくれますか？　身体に負担がかかるのであまり長湯はしないように」

「う、うん、でも良いのかな？」

「公衆浴場でもまだ男女に分かれないくらいの年齢ですから大丈夫でしょう。大丈夫、ですよね？」

悪戯っぽく意味深な言い方をする裕美に、陽斗は頬を膨らませて抗議する。

その反応がどれだけ彼女を萌えさせるのかを陽斗が自覚することはないのだが、ともかくその人聞きの悪いからかいにひとしきり不満だと態度で示す。そして不安そうに陽斗を見る少女に笑いかける。

「わかったよ。じゃあ茉菜花ちゃん、一緒に入ろうか」

「うん！」

さすがに有能な人揃いの皇家である。

陽斗たちが屋敷に戻ったときにはすでに彩音によって関係各所に連絡され、一時保護の承認も得られていた。そして食事が終わる頃には少女の身元と、ある程度の家庭環境まで知ることができたのだ。

それによると少女の名前は新城茉菜花。

保護された公園から少し離れた住宅街にあるアパートに母親と住んでいたらしい。

年齢は5歳ということだが、幼稚園や保育園には通っておらず、母親が託児所のある会社で事務のパートをしながら育てている。が、生活はかなり困窮していて、着ている服はみすぼらしくあまり手入れがされていない。ただ、栄養状態はそれほど悪くないらしく平均的な体形をしている。

今の段階で分かっているのはこれだけで、現在の母親の所在は掴めていない。

「あ、なんだったら私もお手伝いで一緒に入りましょうか。ひとりで子供を洗ったりするのも大変ですから」

「い、いいです！　大丈夫だから！」

裕美がどこまで本気か分からない言葉で迫ると、一瞬で顔を赤くした陽斗は茉菜花を抱えて脱衣所に飛び込んだ。

入口の扉をピシャリと閉めて何度か深呼吸で気持ちを落ち着けると、陽斗は茉菜花に服を脱ぐように言う。

すると茉菜花は万歳するように手を上げてジッと陽斗を見た。つまり脱がせろということなのだろう。

一瞬戸惑ったものの、すぐにその意図を察して服を脱がせ、籠に放り込むと、はしゃぐ少女の手を引いて浴室へと移動した。

浴室を見ると茉菜花はその広さに驚きつつご機嫌な様子で声を上げていた。

「じゃあ目をしっかりつぶっててね。泡が目に入ると痛くなっちゃうから」

「うん！」

シャワーで頭にお湯を掛けてからシャンプーで頭を洗うが、一度では綺麗にならず3回目でようやくしっかりと泡が立つ。

身体の方は柔らかいスポンジを使って優しく丁寧に汚れを落としていく。

年齢的に自分で洗うことができてもおかしくないのだが、茉菜花は陽斗に洗ってもらうのが嬉しいようで、終始されるがままにしている。

「ここは痛くない？」

「ちょっとだけいたい。でもへいき」

陽斗が慎重に茉菜花の腕にスポンジを滑らせる。

その場所は赤黒く痣ができており、腫れてはいないものの幼い少女の肌だと思えばかなり痛々しい。

茉菜花の身体には他にも手や太ももにぶつけたような痣や腫れがあり、明らかに普通の状態ではない。

「よし、綺麗になったね。それじゃ僕も身体を洗うから先にお風呂に入っててくれるかな？」

「う～、まってる。いっしょがいい」

頑なな茉菜花に苦笑すると、陽斗は急いで頭と身体を洗い、手を繋いで湯船に入った。

「ふわぁ～。あったかい」

待っている間に身体が冷えたのか、肩までお湯に浸かって気持ちよさそうな茉菜花。

「10数えたら出ようね。逆上せちゃうから」

陽斗がそう言って茉菜花も頷くが、結局その前に熱くなったと言い出したので出ることになってしまった。名残惜しそうに何度も浴槽を振り返る茉菜花を宥めながら浴室を出る。

そこにはすでに茉菜花用の真新しい下着とパジャマが用意されていた。

腹が満たされ、身体が温まったのと疲れからか、着替え終わる頃には何度もあくびをかみ殺し、身体もユラユラとしていた。

陽斗は茉菜花の身体を抱きかかえて持ち上げると、そのまま自室に向かう。

屋敷にはいくつもの空き部屋があるが、やはり起きたときに陽斗が居なければ不安になってしまうだろうと、とりあえず陽斗の部屋で一緒に寝ることにした。

小柄で力も弱い陽斗だが、それでも5歳くらいの女の子ならなんとか大丈夫なようで、裕美にドアを開けてもらって寝室のベッドに茉菜花を寝かせる。

しばらくすると小さな寝息を立て、陽斗を摑んでいた手からも力が抜けてスルリと落ちた。

陽斗はタオルケットをその身体に掛け、エアコンの温度を調整してから寝室を後にする。もちろん寝るときには戻ってくるつもりだ。

寝室を出るとリビングには重斗と桜子、比佐子と和田、彩音が待っていた。先ほどまで先導してくれていた裕美の姿はない。

「あの子はもう寝たのか？」

「うん、疲れてたみたい。横になったらすぐに寝ちゃった」

陽斗がそう言いながら重斗の対面のソファーに座ると、すぐに比佐子が冷たいミルクティーを置いてくれる。

体温の高い小さな子供を抱えていたので、喉が渇いていた陽斗はすぐに飲み干すがそれも見越していたのか、空になったグラスに追加が注がれた。

「陽斗、それであの子の様子はどうだったのだ？」

重斗がどこか気遣わしげな様子で尋ねる。要領を得ない質問だったが、陽斗はその意図をすぐに理解した。

「身体の方には特に大きな怪我はなかったみたい。手や足に痣はあったけど少しすれば跡も残らないんじゃないかな」

「そうか。だがやはり……」

重斗が言葉を濁す。

〝虐待〟

幼児が真夏の公園にたったひとりで放置されていた状況もだが、幼稚園や保育園に通っていないのに手足に複数の痣をつけているとなれば、まず思い浮かべるのはその二文字だろう。陽斗の生い立ちのこともあり、重斗たちは直接的な表現を避けているが、実は陽斗自身はあまり気に病んではいない。

今は充分に幸せだし、あの時のことは相当に特殊な事例だと思っているからだ。

「あの、茉菜花ちゃんの痣はお母さんがしたことかもしれないけど、多分、普段はちゃんと茉菜花ちゃんを可愛がってたんだと思う」

陽斗の言葉に、重斗は眉を顰めたが、桜子は逆に興味深そうに身を乗り出す。

「陽斗はどうしてそう思ったの？」

「あの子、服とかはボロボロだったでしょ？　でも下着はちゃんと新しくて綺麗だったんだ。それに普通の虐待だったらもっと身体にも痣とかがあるんじゃないかな」

通常、子供に虐待をする親はそれを隠そうとする。誰かに知られれば非難され、場合によっては通報されてしまうのだから当然だろう。

だから虐待痕は目立ちにくい胴体部、特に背中や脇腹に集中するものだ。それがどんどんエスカレートして全身に傷痕を残す場合はあるが、茉菜花の身体にある痣は外から見える手や足だけ。真夏で薄着となれば誰が見ても気づいてしまう場所だ。

「あと、ご飯もちゃんと食べてたみたいだし。それに、茉菜花ちゃん、ママのことが好きだよ。お風呂で頭を洗ったときに『ママみたいにあらって』って言ってたから、いつも洗ってもらってるんじゃないかな」

その言葉に、重斗と和田が顔を見合わせる。

陽斗は知っている。愛情を向ける母親に拒絶される絶望感も、憎しみをこめた罵倒や暴力を向けられる恐怖や悲しみも。

どれほど幼くても、一度でもそれを向けられれば母親のことを口にするたびにその記憶がフラッシュバックして身体が強張(こわば)ってしまうのだ。

だからこそ、何度も母親のことを話題にする姿は茉菜花が母親を慕っていることを表している。しかし、そうなると放置や虐待痕などがチグハグに思えて違和感を拭えない。

「何か事情があるのでしょうね」

「うむ、とにかく母親の捜索を急がせよう。大切な娘を放置するなどただ事ではないだろうからな」

茉菜花が居た公園は住宅地にも近いし比較的交通量の多い道路にも面している。それに見通しも悪くないので、もしあのまま陽斗が気づかなくても近隣住民や巡回する警察官などが発見して保護しただろう。

その上で手足の痣を見れば、これが単なる迷子ではないと思ったはずだ。
もしかしたらそれを見越して母親は茉菜花をあの公園に放置したのではないか。
そうであれば、母親の次の行動を想像して重斗たちは顔を曇らせたのだった。

第十一話　茉菜花の母親

「んにゅ……」

可愛らしいうめき声を上げて小さな女の子がうっすらと目を開ける。

見慣れない景色にまだ夢心地なのか周囲をぼんやりと見ていた茉菜花がやがてゆっくりと身体を起こす。

「あ、目が覚めた？　おはよう！」

声の方に顔を向けたものの、しばらくはポヤっとしていた目がだんだんはっきりしてきて、陽斗の顔を認識すると花が咲くように笑顔を見せ、近づいた陽斗に勢いよく抱きつく。

「おにいちゃん！」

起きても陽斗が居たことが嬉しかったのだろう。結構な力でしがみついてきて苦しいほどだ。

「茉菜花ちゃん、身体の方は大丈夫？　気持ち悪いとか頭痛いとかない？」

陽斗の質問にキョトンとした顔で見返す。

そんな茉菜花に微笑むと陽斗は優しくその頭を撫でる。

「えへへへ」

何故(なぜ)撫でられたのかは分からないが、それでも嬉しいようでベッドに座ったままニコニコと笑顔を見せている。

だが、茉菜花は夜中にうなされて母親を呼んだり、シクシクと泣いたりと陽斗は何度も起こされて大変だった。本人は覚えていないだろうが。

ひとしきり喜んでいた茉菜花が落ち着いたときを見計らって、陽斗は着替えをベッドに置く。

これもぴったりのサイズの服を比佐子が見繕って用意してくれていたのだ。どうやら子持ちの使用人から取り急ぎ古着を分けてもらったらしい。

夏らしい袖なしのワンピースで、ひまわりのイラストが描かれている。可愛らしいデザインに喜んで、ベッドの上で自分から着替え始める。

そして着替え終わると両手を広げ、見て！　と言わんばかりに陽斗に笑顔を向ける。

そこにベッドの下から身体を伸ばしてレミエが顔を出した。

「んにゃぁ」

「ネコちゃん！」

茉菜花がレミエを見て目を輝かせる。

頭の良いレミエは気を使ったのか、昨夜はいつも一緒に寝ている陽斗のところには来なかった。

そして日を改めてという感じで朝になってから顔を出したのだ。

「おにいちゃん、ネコちゃんさわっていい？」

期待に満ちた茉菜花の表情にほっこりしながら陽斗はレミエに尋ねてみる。

「レミエ、茉菜花ちゃんが触ってみたいって。良い？」

「にゃ！」

まるで返事をするように一鳴きすると、ベッドの上に飛び乗って、しゃがんでいた茉菜花の身体に顔をすり寄せる。

「ふわぁ〜」

最初はおっかなびっくりといった様子で、次第に大胆にレミエの頭や背中を撫でる。

「わきゃ！　ネコちゃんくすぐったいよぉ」

レミエが手や顔をペロペロと舐めると茉菜花が笑いながら小さな毛皮を抱きしめる。

力加減を知らない子供に抱えられてもレミエは嫌がることなく大人しくしていた。つくづく猫らしくない態度である。

「茉菜花ちゃん、僕はこれからトレーニングしなきゃいけないからレミエと留守番しててくれる？　それが終わったら一緒に朝ご飯を食べよう」

「おにいちゃん、いっちゃうの？」

「すぐに戻ってくるよ。レミエ、茉菜花ちゃんをよろしくね」

「にゃう！」

レミエが「任せろ」とばかりに返事をしてから、不安そうにしている茉菜花の柔らかそうな頬を舐める。

「きゃあ！　ネコちゃん、まなもおかえしにナデナデする！」

レミエのおかげで機嫌が直った茉菜花の姿を見てから陽斗は習慣となっているトレーニングに出ていった。

いつものように大山（おおやま）と杏子の指導を受けて早めに部屋に戻ると、リビングで子供向け番組を見ながらホットミルクを飲んでいる茉菜花が居た。その膝の上にレミエが抱かれている。

どうやら請け負った仕事をしっかりと果たしてくれていたらしく、茉菜花はテレビとレミエを交互に見ながらご満悦の様子だ。

「あ、おにいちゃん、おかえりなさい！」

陽斗が戻ってきたことに気づいた茉菜花が立ち上がる。

当然膝にいたレミエは放り出されることになったが、仕方ないなという感じで欠伸（あくび）をすると、そのまま部屋を出て行った。

「着替えるからもう少しだけ待っててね。それから朝ご飯にしよう」

「うん！」

元気の良い返事に笑みを返し、陽斗は急いで着替えを済ませる。

まぁ、茉菜花はその間にテレビに夢中になってしまったので、結局部屋を出たのは30分ほど経ってからになってしまったが。

手を繋ぎながら食堂に入ると、メイドのひとりが準備をしている姿だけが目に入る。

いつもならこの時間は重斗が居るはずなのだが、聞けば急な仕事で早くから出かけていったらしい。

桜子も昨夜は遅くまで写真展の準備をしていたとかで、まだ寝ているそうだ。

そのため広い食堂には陽斗と茉菜花のふたりだけが食卓に座ることになった。

部屋が広いだけに少し淋しい感じもするが、陽斗が一緒ならそんなことは気にならないようで、茉菜花はレミエがどうしたとか楽しそうに話している。

「おいしそう！　まなもたべていいの？」

食卓にはスクランブルエッグと焼いたベーコン、アスパラとトマトのスープ、サラダ、フルーツの盛り合わせ、焼きたてのバターロールに数種類のジャムが並べられている。茉菜花はそれらを見て歓声を上げていた。

この屋敷に来たばかりの頃の陽斗と同じように、それまでの食生活との違いに戸惑いと喜びがあるのだろう。

　といっても、茉菜花はまだ幼いこともあって物怖じすることなくパンにジャムをたっぷり塗ったり、おかずより先にフルーツに手を伸ばしたりして、結局食べきれずに残してしまったが。

「ご飯食べ終わったらお医者さんが来るから、痛いところ診てもらおうね」

「おいしゃさん？　チックンする？」

　医者＝注射というイメージなのか、泣きそうになる茉菜花に笑いかけ、「たぶん注射はしないと思うよ」と言って陽斗が宥める。

　その姿はまるで本当のお兄ちゃんのようだった。


「お待ちしておりました。ご案内します」

　白衣姿の初老の男性が重斗と桜子に向かって頭を下げる。

　ふたりが訪ねたのは海に近い場所にある大きな病院だ。

　ここには数日前にこの近くで入水自殺を図ろうとして救出されたという女性が入院している。

　発見されたのは茉菜花が居た公園から４駅ほど離れた海岸で、暗くなり始めた夕暮れ時に服を着たまま海に入っていくのを釣り人が目撃して慌てて救出したらしい。

　ライフジャケットを着た釣り人が海に飛び込んで近づいたときには半ば溺れかかっていたと

いうことで、助け出されてからもしばらくは錯乱状態だったそうだ。

すぐに救急車と警察が呼ばれたものの、女性は身元が分かるものを身につけておらず、意識が安定してからも何も話そうとしなかったため、警察も情報が得られなかった。

それを皇の調査員が聞きつけ、女性の写真を茉菜花のアパートの大家に見せたところ、その女性が母親だと判明したというわけだ。

女性の名は新城智美。茉菜花を育てるためにずっと無理をしてきたのか、栄養失調気味で体力もかなり落ちている。何も話さないこともあって、再び自殺を図る可能性が高いとして閉鎖病棟で見守られながら治療を受けている状態だという。

重斗たちが医師に先導されながら精神科病棟に入ると、2階の階段のすぐ前の病室に案内される。警察官が出入りするため、他の患者を動揺させないように出入口に近い病室を使っているらしい。

「失礼します。お加減はいかがですか？　吐き気がするとか頭痛がするとかはありませんか？」

「……大丈夫です」

先に医師が部屋に入り、通常の診察を行う。

弱々しい女性の声も聞こえてくるが、どこか無気力で消え入りそうに思える。

「今日は貴女にお話があるという方がいらっしゃるのですが、大丈夫ですか？　それほど時間は掛からないということなんですが」

「はい」

短い返答に、医師の困った気配が病室の外でも感じられる。

ともあれ、女性の精神状態を注意深く観察したのだろう。数十秒してようやく医師が重斗たちを病室に招き入れた。

部屋は個室で窓には格子があり、どこか陰鬱とした雰囲気が漂っている。

奥側にベッドが置かれ、そこに点滴を受けながら横たわる女性がいた。

まだ20代のようだが頬は痩け、疲れたような表情が年齢を不釣り合いなものにさせている。

「初めてお目に掛かります。新城、智美さん、ですね」

「っ!?」

本名を言い当てられ女性の顔が驚愕に染まる。

「あ、あなた方は……」

「茉菜花ちゃんを保護した者、と言えば良いかしら。あの子は元気にしてるから心配いらないわよ」

「そう、ですか」

桜子がそう言うと、智美は身体から力を抜いて両手で目を覆う。

顔の横を水が伝い、押し殺したような嗚咽が漏れる。

「話を聞かせてくれるかな？」

「……はい」

落ち着くのを待ち、重斗がそう問いかけると智美は小さく頷いて身体を起こす。

「無理はしなくても良いわよ」

「いえ、起きた方が話がしやすいので」

医師が背中を支えて起き上がると、意外なほどしっかりとした目を重斗に向けた。

「私は茉菜花を連れて夫から逃げたんです」

智美の語った内容はこうだ。

2年ほど前まで彼女と茉菜花は中部地方の中規模都市で暮らしていたそうだ。

短大を卒業してすぐに交際した男性と結婚したものの、一緒に暮らし始めて間もなく夫からのモラハラとDVが始まったらしい。

智美は外で働くのを禁じられ、それどころか外出すらろくに許してもらえなかった。

逃げ出そうにも彼女の両親はすでに他界しており、他に行く当てもなく耐えるしかなかった。

夫の方も常に暴力を振るうというわけではなく、他人の目があるところや機嫌の良いときは優しく気遣いのできる男だったため、彼女も耐えることができたらしい。

いつしか夫に怒りをぶつけられるのは自分が至らないせいだ、とすら思うようになっていた。モラハラを受ける配偶者の多くが陥る、洗脳に近い状態だったのだろう。

やがて彼女は妊娠し、茉菜花が生まれると、子供に掛かりきりになる彼女の態度が気に入らなかったのか、夫の態度が一層酷くなる。

毎日のように罵倒され、少しでも抵抗すれば何度も殴られた。それでも子供のために必死に耐えていた彼女だったが、あるとき泣き止まない茉菜花に腹を立てた夫が、娘にまで手を上げようとした。それも握り拳で。

彼女が茉菜花に覆い被さりながら庇うと、さらに激高した夫は何度も執拗に背中や頭を殴り、脇腹を蹴り上げた。

それでも泣き叫ぶ子供から離れようとしない智美に、業を煮やした男がゴルフクラブを手にしたとき、殺されると感じて茉菜花を抱いたまま夫を突き飛ばし、とっさに財布を掴んで裸足のまま家を飛び出した。

そこからは無我夢中であまり覚えていないという。

気がついたら茉菜花を抱いて北関東の地方都市に居て、なんとか保証人なしで借りることのできるアパートを探し、働くことにしたのだ。

だが夫に居場所を突き止められるかもしれないため、住民票を移すことができず、身分証もない。

そんな状態で条件の良い仕事に就くことなどできるはずもなく、なんとか時給の安いパートで食いつなぐ日々。

心身共にギリギリの状態を保っていた彼女だったが、茉菜花が成長するにつれ、当然のように自我も育ってくる。普通なら子供の成長として喜ぶべきことだが、彼女にはそれだけの精神的な余裕はなかった。

あるとき、嫌いな食べ物がおかずに入っていたことで茉菜花が癇癪を起こす。どこの家庭でもある当たり前のことだが、疲弊した彼女は思わず茉菜花に手を上げてしまった。

素手で茉菜花の太ももを強く叩いたので、大泣きしたものの怪我をしたというわけではない。

だが大切な娘に暴力を振るったということが智美を打ちのめした。

激しい自己嫌悪と娘に対する申し訳なさ。だがそれが切っ掛けになってしまった。

その後も感情が抑えきれなくなると手を上げてしまう。何度も、何度も。

そのたびに泣きじゃくる茉菜花を抱きしめて謝る智美。

(このままじゃ駄目。いつかこの子に消えない傷を負わせてしまう)

「それで、取り返しのつかないことになる前に、茉菜花ちゃんを施設に託して自分は死のうと考えたってわけ？」

桜子の言葉に頷く智美。

怒りを宿した目で見つめられ、目を伏せる。

彼女も分かっているのだ。その行動がどれほど娘を傷つけるのか。どれほど身勝手なものなのか。

だからこそ身元が分かりそうなものは全て捨て、茉菜花がちゃんと保護される可能性が高い公園に置き去りにした。

穴だらけのやり方で、茉菜花も絶対に安全だという保証もない。しかし疲弊し、判断力が鈍った彼女にはそれしか方法が思いつかなかったのだろう。

「茉菜花ちゃんはとても良い子だ。儂の孫も可愛がっているし、懐いていてくれる。心の傷はあるようだがな。孫も辛い過去を負っているから、あの子の気持ちが分かるし、寄り添ってあげられるだろう。だから貴女が居なくても彼女は幸せになれる。その上で聞こう、新城智美さん、貴女はどうしたい？」

淡々とした重斗の問いが智美に突き刺さる。

ある意味彼女の望んだ以上の結果だろう。と同時に奈落の底に落とす断罪の刃でもある。

「なにも今決めなくとも良い。まずは身体を癒やさねば冷静な判断などできんからな。再び命を絶つも、娘を捨てて新たな人生を歩むも、または泥に塗(まみ)れようと家族で手を取り合って幸せを摑もうとするも、な」

「気持ちが決まったら連絡をちょうだい。くれないならそれでも構わないわ」

桜子がそう言って連絡先を書いたメモをベッド脇のテーブルに置く。

重斗たちが病室を出て行く後ろ姿を、彼女はただ見送ることしかできなかった。

第十二話　家族の絆（きずな）

「やだやだやだぁ！」

泣きじゃくりながらしがみつく茉菜花に、陽斗も側（そば）に居る裕美や湊（みなと）も困った顔で立ち尽くしている。

もっと困っているのは屋敷の医務室で待ちぼうけをくらっているお医者さんだが。

茉菜花がこうまで駄々をこねている理由、それはこれから受ける予防接種が嫌だからだ。

この屋敷に保護された翌日、怪我（けが）の程度と健康状態を把握するために茉菜花は専属医の診察を受けている。

その際に各種の抗体検査も実施したのだが、その結果、必要とされる多くのワクチンを接種していないことが分かったのだ。

というわけで、こうしてわざわざワクチンを用意してもらって屋敷内で接種することになっていたのだが、それを知った茉菜花が注射を嫌がって抵抗している、というわけである。抗体検査の時に何本も注射を打たれたのがよほど恐（こわ）かったようだ。

とはいえ将来にも関わることなので接種しておかなければならない。

「大丈夫だよ。そうだ、僕も一緒に受けるよ。それならどう？」

宥めるために陽斗がそんなことを言い出す。

「おにいちゃんも？　いっしょ？」

「うん、僕もお注射するよ。だから大丈夫、頑張ろう！」

その言葉に茉菜花はうーんと考えてからコクンと頷いた。

「ちゅーしゃ、する。がんばる。だから、したらギュッして」

「うん。ギューッてしてあげる。ご本も読んであげるよ」

陽斗が微笑みながら頭を撫でると、茉菜花は嬉しそうに抱きついた。

「と、尊い」

「可愛い」

「しまった、動画撮ってない」

その様子を見ていたメイドたちが何やら騒いでいるが、ふたりの耳には入っていないようである。

ようやく笑顔を取り戻した茉菜花の手を引いて医務室に移動し、ものの5分でワクチン接種を終える。

もちろん陽斗が受けたのはワクチンではなく、注射器自体は同じだが中身はブドウ糖だ。

さすがに注射器を見た茉菜花は目に涙を浮かべたが、この屋敷に来るのは腕の良いベテラン医師である。それ以上少女を恐がらせることなく、笑顔で話しかけながら、気を逸らした一瞬で接種を完了させた。

あまりの早業に痛みを感じる暇さえなかった茉菜花は、「終わったよ」と言われてキョトンとしていたほどだ。

「茉菜花ちゃん、お疲れ様。大丈夫だった？」

「ぜんぜんへっちゃらだったよ！」

ついさっきまで散々駄々をこねていたのを、きれいさっぱり忘れてしまったように明るく答える。これには陽斗も苦笑いだ。

「おにいちゃん、やくそく！　ギュッ！」

「あはは、そうだね、はい、ギュー」

陽斗がしゃがんで両手を広げると、少女が胸に飛び込んでくる。それを強く抱きしめる。

キャッキャと笑い声を上げながら大喜びの少女と、優しく微笑む少年。……そして近くで鼻を押さえながら悶えるメイドたち。ある種のカオスである。

ひとしきり抱きしめたり抱っこしたりしてから、今度は本を読んであげるという約束を果たすべく自室に戻ろうとすると、比佐子が陽斗を呼び止めた。

「陽斗さま、茉菜花さんと一緒にリビングにおいでください。旦那様がお呼びです」

「お祖父ちゃんが？　茉菜花ちゃんも一緒に？」

普段なら直接陽斗の部屋に来るか、重斗の書斎に呼ばれる。それが今日に限って1階の共用リビングで、というのが珍しい。それに茉菜花も一緒ということは、誰か来ているのだろうかと首を捻る。

とはいえ呼ばれているのなら、と陽斗は茉菜花の手を引いてリビングに向かった。

「失礼します。陽斗です」

ノックして声を掛けるとすぐに扉が開かれる。すると、

「茉菜花！」

陽斗と茉菜花が部屋に入った途端、女性の声が響いた。

「え、ママ？　ママ!!」

その声に真っ先に反応したのは茉菜花だ。

陽斗と繋いでいた手を振りほどいて女性に駆け寄り、力一杯抱きつく。

「ママぁ！　うわーん！」

「茉菜花、茉菜花！　ごめんね、ママを許して」

茉菜花は大声で泣きじゃくり、智美もまた涙を流しながら強く娘を抱きしめた。

陽斗もまたそんなふたりを見つめながら涙ぐむ。ただ、その目の色に淋しさと憧憬が混ざってしまうのは自分でもどうしようもない。

茉菜花が母親と再会できたのを自分のことのように嬉しく思う反面、自らの境遇が脳裏に飛来して羨ましく、嫉妬に似た感情がわき上がる。

不意に陽斗の肩が強く抱き寄せられる。

「え？」

驚いて顔を向けると、重斗が厳しくも優しい目で陽斗を見つめていた。そして桜子は手を陽斗の頬に伸ばし優しく撫でる。

陽斗は胸が温かいもので満たされるのを感じた。

茉菜花を羨ましく感じるのは変わらない。ついぞ得ることのできなかった母のぬくもりだが、重斗と桜子、比佐子や和田をはじめとした使用人たちが代わりにそれを惜しみなく注いでくれているのを思い出す。

落ち着いて周囲を見回すと、彩音も比佐子も和田も、陽斗を慈愛に満ちた目で見守ってくれていた。

「お祖父ちゃん、桜子叔母さん、ごめんなさい、ありがとう」

陽斗の自分を恥じるような言葉に重斗は首を左右に振る。当たり前だ。

しばらくの間、リビングは母娘の嗚咽（おえつ）と陽斗を包む優しい空気で満たされた。

「お見苦しい姿を見せてしまって申し訳ありませんでした」

「ヒック、でした」

数十分の後、ようやく落ち着きを取り戻した智美が重斗たちに深々と頭を下げる。茉菜花もまだしゃくり上げつつ、意味が分かっていないながらも母親の真似（まね）をしてペコリ。

「親子が再会したのだ。謝罪など不要だ」

「そうよ。茉菜花ちゃんも嬉しそうで良かったわ。貴女（あなた）を見て、この子が恐がるようならまた考えなきゃならなかったから」

鷹揚（おうよう）な重斗とは違い、桜子の言葉に込められた別の意味に気づいて、智美がビクリと肩を震わせる。

それに気づくことなく陽斗は茉菜花に笑顔を向けた。

「ママに会えて良かったね」

「うん！　まなね、ママにいっぱいおはなししたいことあるの！」

無邪気な言葉に大人たちの顔もほころぶ。

「さて、そろそろ話し合いを始めようと思うが、茉菜花ちゃんには少し難しいし退屈だろう。

託児所で子供たちと遊んでくると良い」

その言葉にまた母親と引き離されると思ったのか、茉菜花は泣きそうな顔で智美にしがみついて首をブンブンと振った。

その絶対拒否の態度に桜子が笑い、絵本を数冊持ってきてもらう。

「ママたちは大事なお話をするから大人しくできる？」

「うん！」

そんなわけで、改めて話し合いが再開された。

「コホン。それで、弁護士の渋沢を通じて聞いた意思に変わりはないか？」

表情を改めた重斗の問いに智美はしっかりと頷いた。

「はい。皇様のご恩情には感謝してもしきれません。どうかよろしくお願いいたします」

心の奥まで見通すような鋭い視線を受けても、動じることなくまっすぐに見つめ返し頭を下げる。

「では、新城さんの書類上の配偶者への対応は私が進めさせていただきます。すでに新城さんたちに対するモラハラと暴力行為に関しては調査して証拠も揃っていますので、慰謝料請求も問題ないでしょう。あちらは会社ではそれなりの立場のようですから、表沙汰にされるのを嫌がるでしょう。もっとも、いずれは公になりますけどね」

人の悪い笑顔で言ってのける彩音。

数年前の出来事の証拠をどうやって集めたのか、とか結局会社にバラして追い込むのか、とかいろいろとツッコミどころはあるが、それはまぁ良いだろう。そもそもが自業自得だし。

それから彩音は慰謝料の金額とか、様々な手続きを代理人として委託することなどが記載された書類に署名してもらう。

「ふむ、元夫のことはそのくらいか。次は今後の生活だな」

続けて重斗が言った言葉に驚く智美。

「いえ、そこまでしていただくわけには」

「それだけじゃ意味ないでしょ。慰謝料とって離婚したとしても環境が変わらなければこの先もこの子が苦労するだけよ。同じことを繰り返すつもり？」

「それは……」

桜子の厳しい言葉に智美が唇を噛（か）んで俯（うつむ）く。

「儂等（わしら）にはその子を一時的にでも保護した責任がある。関わった以上は幸せになってもらいたいからな。陽斗もそうだろう？」

「うん。茉菜花ちゃんはとっても良い子だし、絶対に幸せにならなきゃ。お祖父ちゃん、お願いできる？」

愛孫のおねだりに重斗の笑みが深くなる。

「そんなわけで悪いが、儂らの勝手にさせてもらおう。無論要望は聞くがな」

冗談めかした言葉に、智美が涙ぐむ。

「ありがとう、ございます」

「隣の市になるが勤め先を用意した。以前勤めていた会社と同じ業務内容で、条件も悪くないはずだ。正社員としての雇用になるから福利厚生も手厚い」

そう言って智美に手渡したのは、その会社の資料と条件の書かれた雇用契約書だ。

公共事業を中心に大手企業とも取引のある中堅企業で、給与は破格とまではいかないまでも、相場と比較して充分に高い。休日も多いし残業は少なく、勤務時間も子育てに最適だ。

「会社近くの賃貸マンションを貴女の名義で契約できるように段取りをしてある。それほど広くはないが、家賃6割分の住宅手当もあるし、親子で暮らすには問題ないだろう。保育園も学校もすぐ側にあるようだからな」

次いで渡されたのは住居の資料と契約書。オートロックの築浅物件で広さは2ＬＤＫ。少しばかり家賃は高めだが、補助があるなら充分に給料で賄えるレベルだ。

基本的な家具と家電はすでに用意されていて、保証人の欄には重斗の名前が記載されていた。

さらには保育園にもすぐに入園できるらしい。

「こんなにしていただいて、どうやってご恩をお返しすれば良いのか」

「勘違いしないでもらいたい。これは貴女のためではなく、その子のためだ。儂の孫がそう望んでいるからこそ手を貸す。逆に言えば、その子が幸せになれないのであれば儂等は貴女から娘を取りあげることに躊躇せんぞ」

　いくら追い詰められていたとはいえ、年端もいかない子供に暴力を振るい、あげく見知らぬ公園に置き去りにしたことが正当化できるわけではない。

　だが茉菜花の母親を慕う態度を見れば、智美自身が幸せにならなければ茉菜花も幸せになれないのは明らかだ。

　だから、智美に対する怒りはあれど、それを責めるのではなく、親娘が安心して暮らせる環境を整えることにしたわけだ。

　言外にそのことを察して神妙に頷く智美。

「まぁ、それもまずは体調を万全にしてからの話だ。元夫との離婚が片付かない限り、不安も拭えないだろう。その子とのゆっくりとした時間も必要だろうしな」

「落ち着くまでは隣の迎賓館に滞在すると良いわ。敷地内だし、茉菜花ちゃんも陽斗と会えるから淋しくないでしょう？」

　元いたアパートは智美が解約してしまっているし、家財などもほとんど残っていない。退院したばかりで住むところもないので、智美はその提案に感謝しつつ受け入れることにした。

「しばらくは茉菜花ちゃんと一緒に居てあげてください。夜中にママを呼んで泣いたりしていましたから、不安だったんだと思います」

陽斗がそう言うと、智美は愛おしそうに茉菜花の頭を撫でる。

そして大人しく絵本を読んでいた少女が顔を上げ、優しく撫でてくれる母に満面の笑みで抱きついた。

その後も細々とした話し合いをして、新城親娘は彩音の案内で隣接する迎賓館に移動していく。

茉菜花が「ママとお風呂に入りたい」と言っていたので、準備ができ次第、親娘水入らずで入浴するらしい。

じゃれ合いながら庭園を通り抜けていくふたりに、重斗たちはひとつ息を吐いたのだった。


その翌週。

「本当にお世話になりました。このご恩は決して忘れません。ご温情を無駄にしないよう、娘とふたり、精一杯頑張ろうと思います」

迎賓館の正門前で智美が重斗と陽斗、そして桜子に深々と頭を下げる。

智美の精神的な不安や栄養不足が解消したことで、ある程度体調が回復し、迎賓館を出て新しい住居に移ることになった。

元夫との離婚はまだ成立していないが、彩音の話では弁護士にモラハラ暴行の証拠を突きつけられ、酷く狼狽していて、すでに争う気力はなくなっているそうだ。

どのような話し合いがもたれたのか分からないが、慰謝料の合意が完了した時点で離婚届が提出できるようになっている。実質的にほぼ解決していると言えるだろう。

男は職場に離婚理由を知られるのを恐れていたが、周辺住民や同じ部署には、妻に逃げられたという話が広まっていたらしく、彩音がバラす必要もなかったらしい。

智美は重斗が紹介した会社の面接も無事に終え、10月初めから勤務する予定だ。

まだしばらく日は空くが、引っ越しや必要なものを用意したり、保育園の入園手続きをしたり……。母と娘にできてしまった溝を埋めるなど、しなければならないことは沢山ある。

重斗たちに挨拶をしている母親の行動に、茉菜花が首をコテンと傾ける。

そんな少女の前に陽斗は腰を落として目線を合わせた。

「茉菜花ちゃん、ママと元気でね。また遊びにおいで」

「おにいちゃん？　どこかいっちゃうの？　やだ、やだぁ！　もっとおにいちゃんとあそびたい！」

智美から引っ越しの話は聞いていたが、理解はできていなかったのだろう。陽斗の言葉が別れの挨拶だと察した茉菜花が途端に泣き始めてしまう。

茉菜花にとって陽斗は母親以外に初めて懐いた相手であり、優しく遊んでくれた大好きなお兄ちゃんだったのだ。

屋敷から迎賓館に移ったときも不安そうにしていたが、母親と一緒だったし、離れていても建物はすぐ近くなのでいつでも会うことができた。

それが今度はすぐに会えない距離になる、と初めて認識したのだろう。ここ数日なりを潜めていた癇癪が爆発してしまったのだ。

「茉菜、わがまま言っちゃ駄目よ」

「やだやだやだやだぁ！」

泣く子と地頭には勝てないとはよく言ったものだ。

陽斗も重斗も、茉菜花が落ち着くまで待つしかない。

「茉菜、優しくしてくれた大好きなお兄ちゃんを困らせるの？　ずっと会えなくなるってわけじゃないの。茉菜が良い子にしてたらきっとまた遊んでくれるわ」

「んにゃぁ、にゃあぉん」

「ほら、レミエちゃんにも笑われちゃうわよ。陽斗だって茉菜花ちゃんと離れるのは淋しいの。

すぐにまた会いに行くわ」

男性陣が手をこまねくしかなくても女性陣は逞しい。母親の智美とレミエ、桜子が優しく、それでいてしっかりと幼子に言い聞かせる。

やがて泣き止んだ茉菜花が潤んだ目で陽斗を見上げ、しゃくり上げながら訊く。

「おにいちゃん、またあえる？　あそんでくれる？　れみちゃんも」

「うん、レミエと一緒にまた会いに行くよ。そのときはいっぱい遊ぼうね」

「うん」

「ママの言うこと聞いて、良い子にできるかな？」

「うん、まな、いいこにする。だからぜったい。やくそく」

「約束、ね。ここにも遊びにおいで」

陽斗がしっかりと約束をすると、茉菜花が陽斗に力一杯抱きつく。そして名残惜しそうに智美の手を摑んだ。

「それではしっかりやりなさい。なにか困ったことがあれば渋沢に連絡するように」

「はい。重ね重ね、ありがとうございました」

新しい住所には車で送ることになっている。荷物はすでに積み込まれているので、後は乗り込むだけだ。

元夫からの慰謝料はまだ支払われていないが、回収見込みの金額から一部を先に手渡してあり、生活必需品を揃えたりする当面の生活費には不足ないだろう。

相手に住所などを知られないために、彩音を通して残りの金額も支払われることになっているし、仕事も決まっているのですぐに生活は安定するはずだ。

親娘は皇家が用意した車に乗り込み、静かに走り出す。

「おにいちゃーん！　またねー!!」

茉菜花が窓から落ちそうになるほど身を乗り出して手を振る。

陽斗もそれに返しながら見えなくなるまでずっと手を振り続けた。

「陽斗、その、大丈夫か？」

「んにゃぅ」

肩を落とす陽斗に、重斗とレミエが声を掛ける。

「え？　だ、大丈夫だよ。ちょっと淋しいけど、また会えるから」

心からの言葉。

そう、生きていればまた会える。それに、これは茉菜花が幸せになるための別れなのだから淋しさはあれど悲しさはない。

ほんの少し胸に空いた穴を埋めるためにも、来週からの新学期を頑張ろうと陽斗は手を握りしめた。

茉菜花にこれからも大好きで頼りになるお兄ちゃんだと思ってもらえるように。

第十三話　新学期

9月1日。

地域にもよるが、一般的にこの日が始業式という学校が多いだろう。

生徒たちにとっては長い夏休みが終わったことを意味する、憂鬱な日でもある。普通なら、だが。

陽斗はいつも通り朝の鍛錬を終えてシャワーを浴びると、久しぶりに学園の制服に身を包んで朝食を摂るために食堂に入った。

そこにはいつものように重斗と桜子が居て、陽斗に朝の挨拶をする。

「おはよう陽斗。体調はどうだ？」

「おはよう、お祖父ちゃん、桜子叔母さん。今日はちょっと寝不足だけど大丈夫だよ」

「寝不足の割には機嫌が良さそうねぇ。何か良いことでもあったの？」

言葉の通り、嬉しそうな笑みを浮かべている陽斗に桜子が問いかける。

茉菜花が引っ越してから少しだけ淋しそうな様子に心配したが、陰りのない笑顔に自然と問う口調も明るくなる。

「ふぅ、朝から陽斗はこんなにしっかりしているというのに、手本とならねばならん大叔母がこんなにだらしない格好なのはどうなのだ？」

「い、良いのよ私は！　夜の方が作業が捗るし、陽斗を見送ったら少し仮眠をとるんだから」

呆れたように重斗が桜子の格好を批判するが、当の本人は改めるつもりは無いらしい。

桜子はだらしないとまではいかないものの、とても良家の者とは思えないほどラフでゆったりとした服装だった。ありていに言ってしまえば、スエットにTシャツ姿で気怠そうに食卓の椅子に座っている。

言葉の通り、桜子はどちらかと言えば夜型で、朝方まで起きていることが多いようだ。そして陽斗たちと朝食を摂ると寝てしまうらしい。

それでもできるだけ陽斗と一緒に食事をしたいのか、ほぼ毎日きっちりと朝食の時間には食堂に来ているのだ。

「それで？　陽斗はなんでそんなに嬉しそうなの？」

「えっと、今日から学校だから。その、楽しみで」

「え～!?　お休み終わっちゃったのよ？　嫌じゃないの？」

心底意外そうに聞き返してきた桜子に、陽斗はキョトンとして返す。

「うん。クラスは良い人ばかりだし、学校、楽しいよ」

ひとかけらの邪気も躊躇いもない陽斗の言葉を、眩しそうに聞く桜子と重斗。

陽斗にとって、黎星学園のカリキュラムは慣れないことばかりで大変だし、主要教科のレベルは進学校並みで、日々努力を続けなければすぐに付いていけなくなってしまいそうだ。

だから学園は決して楽ではない。のだが、それ以上に学園生活が充実していて、楽しくて仕方がない。

クラスの皆は陽斗に優しく接してくれているし、尊敬できる先輩も沢山いる。なにより穂乃香や壮史朗、賢弥、薫やセラといった親しい友人の存在が、陽斗は幸せで仕方ないのだ。

重斗に引き取られてから、陽斗は毎日幸せを噛みしめているが、やはり夢にまで見た高校生活は格別なものなのだろう。

「……昔の私に聞かせてあげたいわね」

「聞かせたとしても何も変わらなかったと思うがな。陽斗、何か困ったことや嫌なことがあれば我慢せず、儂でも彩音でも誰でも良いから話すんだぞ。どんな些細なことでもだ」

陽斗の純粋さに自らの学園生活を顧みる桜子と、相変わらず過保護な重斗のことはそこそこにして、陽斗は朝食を終えて席を立った。

ペコリとふたりに頭を下げて食堂を後にした陽斗の後ろ姿は、喜びで尻尾を振っている仔犬のようにも見えていた。

リムジンに乗っていつもの通学路を走っていると、陽斗の気持ちはさらに浮き立ってくる。

「それじゃあ行ってきます！」

「はい。はしゃいで怪我をしないでくださいね」

車内で見送る裕美にまで呆れられながらも、弾かれたように走っていった。

「おはようございます！」

「あ、西蓮寺くん、ごきげんよう」

「西蓮寺、おはよう！」

「おはようございます。西蓮寺さん」

守衛の警備員に挨拶しつつ校門を抜けると、あちこちから陽斗に声が掛けられる。

生徒会の一員として活動しているのですでに多くの生徒が陽斗の顔見知りとなっていて、皆親しげに挨拶をしてくれるのだ。

教室に入ってもそれは続き、中学までとは違いクラスメイトたちは陽斗の顔を見ても誰も嫌な顔をしない。最初の頃にあった外部入学者への偏見も今ではすっかり無くなったようだ。

ただ、幾人かの女子生徒はすれ違いざまに陽斗の頭を撫でるので、その度に恥ずかしい気持ちになったりするのが困りものだ。決して嫌ではないのだが。

そんな同級生たちと一言二言言葉を交わしながら自分の席に辿(たど)り着いた陽斗を待っていたのは、1学期はほとんど会話を交わすことがなかった男子生徒3人だった。

「さ、西蓮寺」

「あ、えっと、千場(せんば)くん、と、宝田(たからだ)くん、多田宮(ただみや)くん、だったよ、ね？」

入学当初、やたらと陽斗を蔑み、暴言をあびせていた3人組で、オリエンテーリングの遭難騒ぎの中心人物たちだ。

そのときは無我夢中だったし、バーベキューの場では謝罪を受けているので陽斗はもう気にしていない。そもそも、それほど酷(ひど)いことをされたという認識もなかったのだが。

ただ、3人が陽斗を嫌っていたのは確かなので、和解したとはいえほんの少し緊張気味に応じる。

「1学期の間はすまなかった！　西蓮寺には何の非もないのに酷いことを言ったり馬鹿にしたりした。反省してる！　本当にごめん！」

「お、俺も、悪かった。ごめん」

「すまなかった！」

陽斗が言葉を返した直後、3人は一斉に頭を下げて謝罪の言葉を口にする。

「え？　あ、あの、え？」

戸惑ってしどろもどろになる陽斗。

そこに見かねた様子で壮史朗が陽斗に声を掛けた。

「1学期にコイツらから色々言われただろう。でも、オリエンテーリングのときに西蓮寺に助けられて反省したということだ」

「えっ、でも、バーベキューのときにもう謝ってもらってるし。僕は全然気にしてないから」

「俺は病院に居たから謝れなかった。けど、西蓮寺の家を知らないから退院してからも行けなかったし。それから、ほとんど意識なかったから覚えてないけど、西蓮寺が俺を助けてくれたと聞いた。本当にありがとう！」

再度頭を下げた千場に、陽斗は慌てて首を振る。

「ぼ、僕だけじゃないよ！　賢弥くんとか天宮（あまみや）くんとか、他にも沢山の人が協力してくれたから！　だからお礼はその人たちに」

「もちろん全員に礼は言う。けど、まず西蓮寺に謝罪とお礼を言いたかった。そ、それから、もう二度と馬鹿にしたりしないから。だから、その、こ、これからは同じクラスの友人として、な、仲良くしてくれないか？」

そう言って千場がおずおずと右手を差し出す。仲直りの証（しるし）として握手を求めているのだろう。

そして当然、陽斗は嬉しそうにその手を両手で握りながら応じる。

「うん！　僕からもお願い。友達になってください！」

バーベキューのとき、他のふたりとも友達になろうと言っていたので、陽斗は千場の言葉に満面の笑みを浮かべた。

その際、身長差もあって上目遣いで、緊張からか少しばかり目も潤んでいたりする。それを向けられた千場は、突発的な顔の火照りを隠すように、フイッと顔を横に向けつつ応じた。

「あ、ああ、もちろんだ。これからは俺たちも話しかけたりするし、西蓮寺も遠慮せずに話しかけてくれ。あっ、天宮と武藤（むとう）、それに四条院（しじょういん）さんと都津葉（とつば）、鴇之宮（ときのみや）も、助けてくれてありがとう」

千場はなにかを誤魔化すように早口でそう言い、そして陽斗の後ろに来ていた穂乃香たちに向かって頭を下げた。

「……堕（お）ちたな」

誰かがそんなことを言ったが、そこには誰もツッコまない。

「陽斗さんが許したのならわたくしたちがとやかく言うことではありませんわね。でも、また陽斗さんを傷つけるようなことをするようなら、今度はわたくしが相応の対応をさせていただきますので覚えておいてください」

「俺たちは陽斗に引っ張られて手伝っただけだ。礼には及ばん。ただ、千場たちは陽斗に借りがあるということを忘れるなよ」

学年随一の家柄である穂乃香と、学園屈指の武道家である賢弥に釘を刺され、千場たち3人は真剣な顔で頷く。

どうやら本当に反省して改心しているようだ。

用件を終えて自分たちの席に戻っていった千場たちの後ろ姿を見送り、陽斗は穂乃香たちと挨拶を交わす。

壮史朗と賢弥は相変わらず素っ気なく返事をし、セラも挨拶だけ交わして「また後でねぇ～！」と言いながら別の女子生徒のところに行ってしまった。

「やれやれ、騒がしいけど、やっと日常が返ってきた感じがするねぇ。2学期こそは穂乃香クンともっと親密になりたいよ」

「長い休みがあっても変わりませんわね。何度も飽きるほど言ってますが、わたくしは貴女と必要以上に親しくするつもりはありません！」

夏休み前と変わらない友人たちの態度に、陽斗はクスクスと小さく笑う。

「なにか可笑しいことがありました？」

「あ、ううん、そうじゃなくて。ひと月以上会ってなくても、変わらずに接してくれてたのが嬉しくて。穂乃香さんも薫さんも、ありがとうございます」

そんな当たり前で些細なことが嬉しいと言う陽斗に、薫は意表を突かれたように、穂乃香は曖昧に頷いた。

「それじゃあ、ボクは他の娘たちに挨拶してくるよ」

相変わらずのペースでそう言って立ち去った後、穂乃香が別の話題を振る。

「えっと、陽斗さん、先日はありがとうございました」

「え？　あ、美術館でのこと？　ううん、僕の方こそ、色々教えてくれて嬉しかったです。それと、叔母さんが色々とごめんなさい」

陽斗の方は恥ずかしそうに頭を掻きつつ謝る。

先日、美術館に桜子と行ったとき、世話になったのはむしろ陽斗の方なのだ。

昼食時も、桜子が穂乃香にアレコレ質問を投げかけたり、からかうようなことを言ったりして、陽斗がハラハラしていた。

「なにも失礼なことはありませんでしたわ。そ、それより、美風さんはあの後わたくしについて何か言ってたりしませんでした？　わたくし、初めてのファミリーレストランで少々はしゃいでしまったので」

「叔母さんは穂乃香さんのことを褒めてましたよ。とっても良いお嬢さんだって。僕にも大切にしなさいって言ってたくらいです」

「そ、そう、ですか。それなら良かったです」

穂乃香の顔に、嬉しさと照れくささがない交ぜになった笑みが浮かぶ。

それは好きな写真家に言われたからなのか、それとも陽斗の大叔母に評価されたからか。

桜子の言葉に含まれた『大切にしろ』の意味を理解しないまま、鈍いふたりは笑みを交わしあった。

「は～い、皆さんおはようございます」

始業チャイムと同時に副担任の麻莉奈が教室に入ってきた。散らばっていた生徒たちが慌てて席に着く。

「筧(かけい)先生は始業式の準備があるので、朝のＨＲ(ホームルーム)は私がします。休み明けでクラスメイトとの話は尽きないと思いますけど、放課後にお願いしますね」

明るい麻莉奈の声に生徒たちが軽く笑う。

小柄で快活な麻莉奈は、クラスにすっかり馴染(なじ)み、今では気軽に生徒の相談にも乗っている。

ＨＲは簡単な挨拶とこの日の予定、それから休み中の課題の回収で終わる。

それから生徒たちは教室を出て、始業式を行う講堂へ向かった。

たとえ良家の子女が多く通う名門学園であっても、校長先生の話が長いのだけはどこの学校とも同じようで、生徒たちの大半が聞いているふりをするだけの時間が流れる。

その後、生徒会からの報告で、オリエンテーリングでの事故や今期に行われる生徒会長選挙の案内、2学期の生徒会主催の行事に関することが話される。

壇上に上がっているのが琴乃だからなのか、校長のときとは違い、生徒たちもきちんと話を聞いているようだ。

始業式が終わると再び教室へ戻り、今度は筧先生からの話を聞き、この日は解散となった。

「あの、陽斗さん、休み中に何かあったのですか?」

「え?」

部室に顔を出す、と言った壮史朗、賢弥、薫の3人と別れ、陽斗は穂乃香と連れだって教室を出る。

そして校門まで歩く道すがら、不意にあがった穂乃香の質問に陽斗が驚く。

傍(はた)から見て、陽斗の態度は1学期よりもさらに明るく、学園生活が楽しくて仕方がない、といったようにしか見えない。

だが穂乃香には、ほんの少し違和感があるようで、陽斗を心配そうに見つめていた。

「もし違ってたらごめんなさい。今日の陽斗さんは、どこか無理に明るく振る舞っているような、そんな気がして」

その言葉に、どんな表情をしていいのか分からず、思わず目を逸らしてしまう。

「そう、かな?」

なんとか返した言葉は小さく、下校時の雑踏に掻き消されてしまう。

そんな陽斗に、穂乃香は柔らかく微笑むと、陽斗の手をそっと取った。

「陽斗さん、少しだけお付き合いお願いできますか？　喉が渇いたので飲み物を買おうと思いますの」

「あ、うん」

迎えの車はもう来ているかもしれないが、少しくらいなら大丈夫だろう。とっさにそう判断して陽斗は頷く。

校門へ向かってくる生徒たちの流れに逆らって、購買へと向かう。穂乃香に握られた手はそのままだ。

その手の温もりに、少しずつ陽斗の気持ちが落ち着いてくる。と、同時に少しばかりの恥ずかしさも感じていた。

購買で冷たい飲み物を買い、そのまま中庭の木陰にあるベンチに腰を下ろす。

9月に入ったとはいえ、昼間の残暑は厳しく、冷たい飲み物で喉を潤すのは心地いい。

「さて、それで、なにがあったのですか?」

「べ、別に、なにも」

まっすぐ見つめてくる穂乃香に、陽斗は視線を逸らす。

「言いたくないのでしたらこれ以上は聞きませんわ。でも、先ほどの陽斗さんの顔が、とても淋しそうに見えました。わたくしは陽斗さんにそんな顔をさせたくありません。できれば隠してほしくありませんし、力になりたいのです。あ、その、わたくしなどでは頼りないとは思いますが」

真剣な口調で、途中からは尻すぼみになってしまったが、それを聞いて陽斗の顔が熱くなる。だから、なのだろう。誰にも話していない心の声が口を衝いて出てしまった。

「あの、心配させてしまったのならごめんなさい。えっと、大したことじゃないんですけど」

陽斗は、穂乃香と美術館で会った帰り道、少女を保護したことやその後に起こったこと。少女と母親の再会、そのときに感じた親子の絆を、まとまりのない言葉で訥々と穂乃香に聞かせた。

「僕は茉菜花ちゃんがお母さんとまた暮らせるようになったことが本当に嬉しくて、でも、やっぱり羨ましいなって。だから……っ!?」

陽斗の顔が柔らかいもので包まれて、言葉が途切れる。

「陽斗さんはやっぱり優しいですね。でも、羨ましかったり、妬ましかったりするのは普通のことですわ。そのことと相手の幸せを祈ることは矛盾しません。陽斗さんはお母様を亡くされているのですから、淋しいのも悲しいのも当たり前です。でも、お祖父様や叔母様、それにわたくしもおります。天宮さんや武藤さんも、他にも沢山の方が陽斗さんのことを思っています。お母様の代わりにはなれませんけれど、支えることならできるはずです」

穂乃香の言葉は、きっと陽斗に対する庇護欲から来ているのだろう。だがそれだけに、陽斗の心を温かくさせた。

それに優しく抱きしめられたことで、まるで自分が幼子になって、母親に包まれているような安心感を得ていた。

結局、迎えに来た湊が校門から出てこない陽斗を心配して、電話を掛けてくるまでそれが続いたのだった。

そして我に返ったふたりが、恥ずかしさから真っ赤になり、すれ違った教師から熱中症と勘違いされて一騒動起こるのだが、それはまた別の話。

第十四話 —— 生徒会長選挙

始業式の翌日から2日間は実力テストが行われる。

1学期の復習と夏休み中の課題が出題の中心で、しっかり成績にも反映されるものだ。

陽斗は休み期間中にしっかりと勉強をしてきたつもりだが、夏休み後半に、茉菜花と一日の大半の時間を過ごしていたこともあり、少し不安があった。

それでもなんとか全ての答案を埋め、翌日には全ての答案が返却された。

不安とは裏腹に、陽斗は英語以外の教科はそれなりに高得点を取り、英語も平均点以上は取ることができたようだ。

とはいえ周囲の友人たち、特に穂乃香と壮史朗、薫は学業においてもかなり優秀だった。陽斗がわからなかった問題も難なく解答していたのを知って「僕ももっと頑張らなきゃ」と決意を新たにしていたりする。

「陽斗さんも高等部からの外部入学者としてはかなり優秀だと思いますわよ。黎星(れいせい)学園はカリキュラムの進め方が独特だそうですから、外部入学の方は苦労されると聞いています。セラさんも優秀ですのに大変そうでしょう？」

「そうなのよねぇ。内容は同じでも普通の進学校と重視するポイントが違ったりするし、ちゃんと授業を聞いた上で予習と復習をしっかりしないと、すぐについていけなくなりそう」

「他の学校のことはよく分からないが、附属以外の大学を受験する場合は、進学塾を受講するように言われるから、やはり違うのだろうな」

セラと壮史朗がそう補足する。陽斗を励ましているというより単純な感想のようだ。

「うん、そうなんだけど、僕はセラさんみたいに運動やコミュニケーション能力高くないから、せめて勉強くらい頑張らないと。英語が特にダメだし」

相変わらず英語は陽斗の一番苦手な教科であり、他の科目より10点以上低い。

入学前に、当時は家庭教師だった麻莉奈に教わってはいたものの、やはり苦手意識はそう簡単に克服できないらしく、どうしても勉強の効率が悪いようだ。

さらに、2学期からは英語での小論文もカリキュラムに入ってくる。さすがにこのままでは困るので、そろそろ彩音にでも相談してみようと思っているところだ。

「あの、陽斗さん、も、もし良かったら、なのですけれど、英語でしたら、わ、わたくしがお教えしましょうか？　もちろん家庭教師の方がいらっしゃるならそちらの方が良いのでしょうけれど。いないのでしたら、毎日というわけにはいきませんので、ちょっとした合間の時間にはなるでしょうが。陽斗さんは基礎がちゃんとできているようですので、多少は得るものがあるのではないでしょうか」

「そう言えば、穂乃香クンは英語やフランス語がネイティブ並みにできるって話だったね。中等部の頃、先生にフランス語で書かれた手紙の翻訳を頼まれていたくらいにさ。英語はボクも得意だけど一度も点数を上回ったことなかったよ」

「どうして鴇之宮さんがわたくしの点数を知ってるんですか！」

「もちろん他の娘たちに聞いたからさ。穂乃香クンのことなら、どんなことでも知っておきたいからね」

なんだかんだ言っても、最近は薫に対する穂乃香の態度も少し柔らかくなり、こういったやりとりも掛け合いにしか見えなくなっている。

「そ、それで、どうなさいますか？」

「え、でも、穂乃香さんに迷惑じゃ」

「そんなことありません。教えることで自分の復習もできますし、も、もちろん陽斗さんが嫌でなければ、ですけれど」

穂乃香が妙に早口で、一気に捲し立てたのには戸惑ったが、申し出自体は陽斗としても嬉しい。

友達と勉強を教え合うというシチュエーションも、陽斗が憧れる高校生活のひとつなのだ。

だから陽斗の答えはもちろん、よろこんでお願いするということになった。

どういうわけか、セラが穂乃香をニヤニヤ見ていたが。

そして学園生活は勉強ばかりではない。

特に2学期は生徒会役員はかなり多忙な時期となる。

他の学校と同じように体育祭や文化祭が予定されているし、黎星学園独特の行事として、12月に行われる聖夜祭もある。

そして直近で一番大きなイベントは、9月末に予定されている生徒会長の選挙だ。

立候補した生徒の中から、全校生徒が投票して生徒会長を選ぶ。生徒が選ぶのは生徒会長だけであり、副会長や会計などの生徒会執行役員は会長による指名で選出される。また、生徒会運営を監査する監査役員は教員による指名だ。

建前上、生徒会は生徒の自主的な運営組織であり、会長および役員は生徒たちを代表しているだけの存在だ。

しかし副次的な目的として、将来企業経営を志している生徒が組織運営を体験するための場ということもあり、実際には学内行事や課外活動などに大きな裁量権を有している。もちろん大きな金額が動く場合や、校則の改定などは教職員会議の承認を得る必要があるが。

「えっと、か、会長選挙は9月の第2月曜日に候補受付終了で翌日に告示、最終週の水曜日に投票とその日のうちに開票、なんだよね？」

「そ、そうですわ。あの、れ、例年、現生徒会役員から立候補するので、それ以外から候補者が出ることは稀だと聞いています」

生徒会室に向かう廊下で、陽斗と穂乃香は会長選挙について話をしているのだが、セラたちを交えていたときと異なり、やや会話がぎこちない。

大勢で居るときは感じなかったが、ふたりきりになると始業式の放課後のことを思い出してしまって恥ずかしいのだ。

穂乃香は自分の大胆な行動を、陽斗もまるで小さな子供のように甘えてしまったことを思い出すだけで顔から火が出そうになる。見た目だけなら違和感はないのだが。

「コホン。今のところ他に立候補するという話も聞いていませんので、順当に鷹司先輩が会長に選ばれると思いますわ。仮に他の方が名乗り出ても、実績や人望という面でかなり不利になってしまうと思いますので」

さすがにこのままではいけないと思ったのか、穂乃香が口調を改める。それもあって生徒会室に着く頃には、なんとか普段通りに接することができるようになった。

「皆さんお疲れ様です。夏休みが明けて、こうしてまた皆さんと顔を合わせることができたことを嬉しく思います。長期の休みでまだ生活リズムが戻っていない方も居るかも知れませんが、

2学期は様々な行事が予定されています。その中でも、今月後半に行われる生徒会長選挙にまずは取り組まなければなりません。皆さんのご協力をよろしくお願いします」

生徒会の会議室に役員が集まり、2学期最初の会議が始まる。

最初に琴乃の挨拶があり、次に副会長の雅刀から1学期に行われた行事の総括と、オリエンテーリングでの遭難事故の報告があった。

「幸い怪我(けが)の程度が軽かったため、特に責任問題に発展することはなかったが、生徒会としてもいくつかの改善点が見つかっている。来年に向けて取り纏(まと)めていきたいので、皆で考えてみてほしい」

雅刀がそこで話を切り、役員たちに目を向ける。

「次に、オリエンテーリングの2日目。遭難事故の後だが、生徒会の執行役員が他の役員に対して言い寄ったり、暴行を加えようとしていたという報告が入っている。被害者は四条院(しじょういん)さん、加害者は桐生(きりゅう)、君だと聞いているが間違いないか？」

その言葉に会議室がざわつく。

役員たちの目が穂乃香と貴臣に注がれるが、穂乃香の方は凛(りん)とした態度で、雅刀をまっすぐに見返していた。

そしてもう一方の貴臣は、今にも舌打ちしそうに顔を歪(ゆが)めているものの、反論することなく雅刀を睨みつける。

「どういう状況だったのかしら？　差し支えなければ話してもらえるかしら」

琴乃の声は穏やかなままだったが、その目は厳しく、有無を言わせぬ強さがある。

「いつものことですわ。桐生先輩がわたくしに言い寄り、拒否すると腕を摑まれました。幸い友人たちが間に入ってくれて、すぐに警備員を呼んでくれましたので、少し痣になっただけで済みましたけれど」

穂乃香の言葉に、琴乃と雅刀の視線が厳しさを増す。

「桐生、今の話は本当か？」

雅刀の問いに、貴臣は面倒そうにひとつ大きな息を吐くと口を開いた。

「ああ、本当だ。真剣に話したせいで、つい感情的になっちまったんだよ。悪かった。今後は行動に気をつける」

「!?」

意外すぎる貴臣の反応に、雅刀や他の役員たち、琴乃までが驚きに目を見開く。

ただ穂乃香は、貴臣に嫌悪と疑惑のこもった視線を向けている。

一方で、貴臣の対応は最善のものと言えるだろう。実際に直接的な被害は少なく、穂乃香もこの件の処分を琴乃や雅刀に訴えようとしなかった。

その状況で貴臣が素直に非を認めて、たとえ口先だけであったとしても謝罪した以上、この件を追及するのは難しいといえる。生徒会は法廷や国会ではないのだ。

「……四条院さんは何か言いたいことはありますか？　今の謝罪だけでは不満ということがあれば言ってください」

真意を探るように貴臣を見つめながら琴乃が尋ねるが、穂乃香は静かに首を振る。

「今回は何事もありませんでしたので謝罪を受けようと思います。これ以上、この件で時間を使うのは無駄だと思いますので。ただ、今後は生徒会の仕事以外でわたくしに絡まないでいただきたいですわ」

穂乃香の言葉に琴乃は頷(うなず)いてから貴臣に向かう。

「今の発言を四条院さんの要望として聞き入れようと思います。桐生さんはこれまでにも生徒会役員として不適切な言動がたびたび指摘されています。来期のことは分かりませんが、少なくとも生徒会長による処分解除がなされるまで、桐生さんから四条院さんへの接触は必要最小限に止(とど)めるよう。いいですね？」

処分と言っても生徒会にそこまでの強制力があるわけではないが、破れば今回の暴力行為と、反省していないことを理由に学園側に処分を要請できる。

「……わかった」

再び会議室内がざわめく。

いつもの貴臣なら、たとえ錦小路家の令嬢たる琴乃が相手であっても、間違いなく噛みついていたはずだ。それだけに態度の違いが意外であり、不気味ですらあった。

「……この件は以上とします。それでは選挙の準備に関する作業を決めてしまいましょう」

「そうですね。まずは……」

その後は会長選挙に関する話し合いが行われたが、貴臣が口を開くことはなかった。

「穂乃香さん、ごめんなさい。オリエンテーリングのときにそんなことがあったなんて知らなくて」

会議が終わり、再び連れ立って校門まで歩きながら陽斗がそう言うと、穂乃香は慌てて首を振った。

「陽斗さんが謝ることなんて何もありませんわ。それにセラさんと鴇之宮さんが助けてくれましたから」

「でも」

「責任を感じるのが悪いというわけではありませんけれど、神様ではないのですから、何もかも背負い込んでは潰れてしまいます。でも、心配してくださってありがとうございます」

穂乃香に先にお礼を言われ、それ以上何も言えなくなってしまう。

「それより意外だったのは桐生先輩の態度ですわね。絶対に自分の非を認めようとしない人物ですのに」

穂乃香がどこか不安そうに零(こぼ)す。

貴臣のことをよく知らない陽斗の目から見ても、今日の貴臣の態度が不自然に感じられたのは確かだ。かといって貴臣が考えていることなど分かるはずもない。

「処分されるのが困る、とかなのかなぁ」

「これまでの態度も良くなかったですし、問題が大きくなれば生徒会からの除名もあり得ますので、その可能性がないわけではありませんけれど」

中等部の頃からの貴臣を知っているだけに、穂乃香は違和感が拭えない。処分程度で改まるなら、とっくに改善しているはずだと思ってしまうのだ。

「とにかく、わたくしも充分気をつけるようにします。校内であってもひとりでは行動しないようにしますわ。陽斗さんも気をつけてくださいね。彼は陽斗さんのことも嫌っているようですので」

「う、ちょっと恐(こわ)いかも」

「武藤(むとう)さんか天宮(あまみや)さんが近くに居れば大丈夫でしょう。それに、さすがに人目のある場所で何かすることもないでしょうし」

そんなことを話しながら歩いていたふたりが、貴臣の次の行動を耳にしたのは週が変わってからのことだ。

昼休み、食堂で昼食を取っていたときに薫が口にした。

「そう言えば聞いたかい？　あの桐生貴臣が会長選挙に立候補したらしいよ」

「はぁ!?」

第十五話 開票結果と不穏

9月の最終水曜日の放課後。

学園の講堂に全校生徒が集められている。生徒会長選挙の結果が発表されるためだ。

投票は今日の朝から、普通科と芸術科の職員室前に設置された投票箱に、生徒たちが自ら行うことになっていた。

どうしてもこの日に投票できない生徒が居た場合は、事前投票もできるのだが、滅多に利用されることはないらしい。

開票作業は、現在特別教室のひとつを使って進められているが、候補者の雅刀はもちろん、陽斗たち現生徒会役員は立ち会うことができない。無作為に選ばれた4名の3年生が投票箱の開封と投票用紙の読み上げ、集計を行い、2名の教員と風紀委員2名、文化部、運動部のそれぞれの代表がそれを監視することになっている。

たかが学校の生徒会長を決める選挙で随分と大仰なことだが、生徒会にはそれなりの裁量権や予算が割り当てられているため過去に不正が起こったことがあったのだそうだ。

講堂の中は、開票結果が発表されるのを待つ生徒たちでざわついている。ほとんどの生徒にとってこれもある種のお祭りに近い感覚なのだろう。

その中でも、陽斗はひときわソワソワして、不安そうな表情を隠そうともしない。

「陽斗さん、落ち着いてください。大丈夫ですわ」

「そうだぞ。鷹司先輩は中等部で生徒会長、高等部でも副会長の実績があるし、人柄でも評価が高い。家柄の面で軽く見る者も中には居るが少数に過ぎない。少なくとも対立候補があの桐生の馬鹿息子なら、結果を見るまでもないくらいだ」

穂乃香と壮史朗は落ち着いたもので、むしろ陽斗に向けて少しばかり呆れた目を向けている。

「う、うん。わかっているんだけど」

ふたりがかりで宥められ、恥ずかしそうにしながらも、不安げな表情は変わらない。

壮史朗が言ったように、今回の生徒会長選挙は雅刀だけでなく、もうひとり立候補者がいた。

桐生グループの御曹司である桐生貴臣だ。

先日薫が聞きつけてきた通り、貴臣は受付が始まった直後、正式に生徒会長に立候補の届け出をした。

その話を聞いても、穂乃香たちは貴臣の真意が分からず戸惑うばかりだった。

はっきり言って貴臣は人望がある方ではない。

確かに、父親が経営する桐生グループは国内でも有数の企業グループであり、その影響力は大きい。この学園にも桐生家の関連企業と取引している保護者は少なくないだろう。

だが、それはあくまで父親の影響力であって、息子のものではない。現に、桐生グループを主要取引先としている企業の経営者の子女でも、貴臣と距離を取っている生徒が幾人も居る。それほど貴臣の横暴さや性格の悪さを嫌っている生徒が多いということであり、貴臣もそのことは知っているはずだ。

だが、そんな彼が生徒たちからの広範な支持が必要な生徒会長に立候補した。

普通に考えて、実績があり、その人当たりや面倒見の良さが広く知られている雅刀を相手に勝ち目などない。

にもかかわらず立候補したのだから、それなりの勝算があると見込んでいるはずだ。プライドの高い貴臣が記念受験のごとく会長選挙に立候補しただけで満足するわけがない。

「そういえば、変な噂を耳にしたよ。桐生貴臣が学園の生徒を買収してるって」

「はぁ!?」

穂乃香が令嬢らしくもなく、素っ頓狂な声を上げる。

「そんな話は聞いたことがないぞ。鴇之宮はどこでその噂を聞いたんだ？」

壮史朗が怪訝そうに眉を寄せるが、それに薫が呆れたように肩をすくめた。

「天宮クンや穂乃香クンはもう少し学園内の情報にも興味を持った方が良いよ。まぁ、桐生は生徒会の関係者と仲の良い生徒には声を掛けていないみたいだし、ボクは申し出を断った女の子から聞いただけだからね。それなりに慎重に行動してたんじゃないかな」

　情報への疎さを指摘され、壮史朗が苦笑を浮かべる。図星なので反論もできない。

「で、でも、買収って駄目なんじゃないの？」

「公職の選挙なら当然違法だけどねぇ。たしかこの学園では別に禁止されてないんじゃなかったかな？」

「そう、ですわね。確かに買収禁止の規則はなかったと思いますわ。というよりは、そもそも生徒会長選挙で買収までするなんて想定していませんから」

「普通ならそんな馬鹿なことは考えもしないだろうからな。生徒会長になったところで個人や家に利があるわけじゃないし、多くの面倒事と引き換えに、せいぜい自尊心が満たされるくらいしかメリットがない」

　壮史朗の言い方はともかく、生徒会長は学園内の行事や生徒の活動に関して大きな裁量をもってはいるものの、それは基本的に学園内のみに限定されているものだ。

　部活や生徒会も含めた各種委員会に対する予算編成を行っていて、多額の金銭を取り扱いはするが、半年に一度会計報告を開示しなければならないので、私的に流用することは難しいだろう。

だから生徒会長になるメリットとは、黎星学園で生徒会に所属するというステータスと組織運営の体験、実績を積むことであり、実利はほぼない。貴臣が買収してまで生徒会長になろうとしている理由が理解できないのだ。

「多分、このまま鷹司先輩が会長になったら、桐生は執行役員になれないだけじゃなくて生徒会から外される可能性が高いからじゃないかな。除名となれば経歴に傷が付くからね」

「そんなもの、辞任すれば良いだけのことだろう。部活や家の事情で辞める奴もいるんだし、会長交替のタイミングで役員が入れ替わることは珍しくないんだからな」

「それもプライドが許さないいんじゃない？　それに彼のことだから会長になって、穂乃香クンを自分の側に置いて既成事実を作りたいのかもね」

薫の言葉に穂乃香が心底嫌そうに顔を歪める。

「無駄なことですわ。たとえ本当に買収をしていたとしても、鷹司先輩が負けるとは思いませんし、万が一あの人が当選したらわたくしは役員を辞めますから」

「で、でも、大丈夫かな、鷹司先輩」

「さすがにこの学園の生徒たちがそれほど馬鹿だとは思わないけどな。まぁ、もし間違って桐生が当選したら、役員なんてさっさと辞めればいいいさ」

そんなことを話しているうちに、投票の集計が終わったらしい。講堂の壇上に、開票作業を担当した3年生4人と立ち会いの生徒たちが上がる。そしてひとりの男子が集計された紙を片手にマイクに向かう。

『お待たせしました。第42回生徒会長選挙の発表を行います』

その言葉に講堂内が静まりかえる。

『投票権利生徒数589名のうち、投票総数は561。投票率は95・2%となりました』

『厳正なる集計の結果、第65代黎星学園高等部生徒会長には2年1組、鷹司雅刀さんが選ばれました』

一瞬講堂内がざわめき、そしてすぐに大きな拍手が沸き上がる。

『新たに生徒会長に選ばれた鷹司さん、それから現生徒会長の錦小路(にしきこうじ)さん、壇上へ上がってください』

「ふ、ふざけるな！　こんな結果認められるか!!」

万雷の拍手と会場の祝福ムードを切り裂くように怒声が響く。

そのあまりの剣幕に、講堂内が静まりかえって生徒たちの視線は声の主に集まった。

「選挙は無効だ！　その投票結果には不正があるはずだ！」

そう怒鳴る貴臣の姿に、近くにいた生徒は仲間扱いされたくないのか、慌てて距離を取った。

そして集計を担当した壇上の生徒も、貴臣の言葉に動揺する様子も無く、呆れたような目を向けている。

それがますます火に油を注いだのか、貴臣が壇上に向かって歩き出したのを制するように、すでに上がっていた琴乃がマイクを受け取り、口を開いた。

『桐生さん、見苦しいですよ。まず初めに言っておきますが、選挙に不正はありません。投票箱は2カ所の職員室前に設置されていますし、投票時間も決められていて、すり替えることはできません。開票の際も教職員や生徒会とは関係のない代表者が立ち会っていますから不正を働く余地がないのは先生方も保証してくださるはずです』

琴乃の言葉に壇上の脇に立っていた教師が頷いてみせる。

だが、貴臣がその言葉で納得できるわけもなく、琴乃を忌々しげに睨みつけた。

『本来なら生徒間でのトラブルを防止するために開票結果の詳細は発表していないのですが、今回に限り投票数を開示するようお願いします』

突然の要請に、開票担当の生徒が戸惑い、立ち会いの教師を見るが、少し考えた末に頷いたので恐る恐る集計表を持ってマイクに向かう。

『えっと、それでは詳細を発表します。会長に選出された鷹司さんの得票数は398票で70・9%、き、桐生さんの得票数はご、54票、得票率は9・6%です。候補者ではない生徒の氏名が記入された無効票が109票ありましたので、総数561票の内訳は以上です』

「な!? そんな馬鹿な!」

発表された内容に愕然(がくぜん)とする貴臣。信じられない、と顔を強張(こわば)らせる。あまりに低い得票に、握りしめた拳がブルブルと震えている。

『桐生さんが何故(なぜ)選挙結果が無効であると訴えたのかは追及しませんが、少々の不正や誤魔化しで覆るような票差でないことはご理解いただけるかと思います。まだ何か言いたいことがおありなら後で伺いましょう』

琴乃はそう言って話を切り上げると、進行を先ほどまでの生徒に任せた。

『そ、それでは、会長に選出されました鷹司雅刀さんに挨拶をお願いします』

「クソッ! テメェ等(ら)ちゃんと買収したんだろうな!」

「き、桐生さん、俺たちはちゃんとやりましたよ!」

「だったら何であんなに票が少ないんだ! まさか声を掛けただけで金を渡さなかったんじゃねぇのか?」

選挙結果を告示する集会が終わり足早に移動した貴臣は、特別教室棟の空き教室に取り巻きの男子生徒数人を引き連れて入ると、不機嫌そのものといった顔で怒鳴り散らした。その上あらぬ疑いを掛けられた男子が慌てて首を振る。

「そんなことしてません！　言われたとおりに桐生グループからの圧力も話したし、金だって渡しました。人数だって400人以上です。桐生さんにリスト渡したじゃないですか！」

必死の反論に、貴臣は舌打ちして置かれていた椅子を蹴り飛ばす。

別の椅子や机にぶつかってけたたましい音が響き、その場にいた男子たちがビクリと肩を震わせた。

「あらあら、随分とご機嫌斜めね。買収が失敗したのがそんなに不満なのかしら」

ゆったりとした品の良い声が不意に入口から投げかけられた。

「だ、テメェ、錦小路！」

現生徒会長の登場に、慌てる男子たちとは対照的に貴臣の顔は怒りに染まっている。

「浅はかなものね。たかだか生徒会長になるために大金を使って、いったい何をしようとしていたのかしら」

「っ！　邪魔しやがったのはやっぱりテメェか！」

貴臣が摑（つか）みかかろうと手を伸ばすが、それが琴乃に届くよりも早く間に割り込んだ人物によって払い落とされる。

「武藤（むとう）さん、ありがとう」

「錦小路先輩、不用意に煽（あお）るのは止（や）めてください」

琴乃の背後から素早く身体を割り込ませた賢弥が、咎めるように苦言を呈するが、当の本人は悪戯っぽい笑みを浮かべて小首をかしげる。

一方の貴臣は、さらに苛ついた様子ながらも、さすがに賢弥相手に力を誇示することはできないのか、目つきを鋭くして虚勢を張るのが精一杯だ。

「チッ、ボディーガードってわけかよ、とことんこけにしやがって」

「か弱い女子が凶暴な男子と会ったらどんな目に遭わされるかわかりませんから。念のためです。でも、もう少し遅くても良かったのですけどね。殴られたりしていたら桐生さんは退学になってあっさり片付いたので」

邪気のない顔でそんなことを言ってのける琴乃に、貴臣が唖然とする。

「で？　無様に負けた俺を馬鹿にするために来たのかよ」

「そんなつもりはありませんよ。ただ、勘違いで八つ当たりされる方がいたら可哀想ですから」

「勘違い、だと？」

「ええ、桐生さんが生徒会や私たちの家と無関係な生徒に買収を持ちかけていたのは、早い段階で知っていました。ですが、私も、もちろん鷹司副会長も何もしていません」

琴乃はそう言うが、貴臣はまるで信じていない様子で鼻を鳴らす。

だがそんな反応に呆れたのは琴乃だけではない。賢弥が皮肉げに口元を歪めたのを、貴臣が見咎めた。

「なんだ？　テメェも何か言いたいことでもあるってのか」

「いや、裸の王様もここまで来るといっそ哀れだなと」

いつもの朴訥（ぼくとつ）とした口調で返され、貴臣の顔が怒りで真っ赤になる。だが賢弥にしては珍しく、さらに言葉を続けた。

「桐生先輩は他の生徒を見下しているようだが、買収を持ちかけられた連中だって馬鹿じゃない。断れば何をされるか分からないなら、応じるフリをして金だけ受け取って投票しなければ良い。用紙は無記名だし、誰が投票して誰がしてないかなんて分からないんだからな。買収自体は禁止されていないから金を貰（もら）っても問題ないし、さぞ臨時収入に喜んだだろう」

身も蓋もない言いように、咄嗟（とっさ）に反論できない。そこにさらに琴乃が追い打ちを掛ける。

「忘れているようですが、この学園に在籍している生徒の多くは、企業経営者の一族や大企業の重役の子女です。また、芸術科の生徒も、将来的に資産家や企業の支援を受ける可能性を考えて、それらの方々からの引き合いや甘言に対する対応法などを教わっています。少しばかり圧力や金銭をちらつかせても無駄ですよ」

つまりは貴臣の計画はそもそもの前提からして無理があったということだ。

そうなれば単純に人脈と日頃からの人柄がものを言う。傲慢な性格と粗暴な行いで知られている貴臣に勝ち目はないだろう。もっとも、それでも50人以上の票が集まったのは、桐生グループと繋がりが強いか、脅しに屈した生徒も幾人かは居たということだ。

「クソがっ!」

貴臣が屈辱に顔を歪め、賢弥の肩を押しのけて部屋を出ようとする。

「あ、そうそう、今回の選挙ではいつになく無効票が多かったのですけど、そのほとんどに同じ生徒の名前が書かれていたそうですよ」

ガンッ!

入口脇の壁を貴臣が殴りつけ、憎悪のこもった視線を琴乃に向ける。

空手の有段者である賢弥が居ても、激情のあまり殴りかかってきそうなほどの殺気を帯びている。

だが、貴臣はそれ以上口を開くことはなく、血の滲んだ拳を握りしめたまま教室を出ていった。

「さて、あなた方も付き合う相手は選んだ方が良いですよ。無用なトラブルに巻き込まれないうちに、ね?」

琴乃のどこか冗談めいた言葉を投げかけられた取り巻きの男子生徒たちは、ビクリと怯えたように身体を震わせた後、そそくさと戻っていく。

「武藤さんも、無理を言ってごめんなさい。貴方ほどこういった場面で頼りがいのある方が他に居ないもので。助かりました」

　琴乃はそう頭を下げるが、賢弥は責めるような目を向けたままだ。

「必要以上に煽るのは感心しない。人間追い詰められると何をするか分からないからな。俺はもちろん、プロの護衛だって完璧じゃないぞ」

「そうですね。これまで散々迷惑を掛けられたからやり過ぎたかもしれません。反省と、今後の彼の動向にも注意します」

　２学年も下の後輩の言葉に、琴乃は素直に謝罪した。賢弥の言い分はもっともなものなので反論の余地はない。

「とにかく、これで目的は終えたのなら生徒会室まで送ります。その後は鷹司先輩にでも頼ってください」

「あら、ご親切にありがとう。怒って見捨てられたらどうしようかと思っていたの」

「…………」

　言葉を返すことはなかったが、明らかに琴乃の言葉を信じていない表情で先に立って歩き出す賢弥の姿に、琴乃は小さく笑みをこぼした。

閑話その１ ―― 待ち望んだ福音

「疲れたぁ〜！」

宿泊先のホテル、といっても、ほんの少し大きめな田舎のペンション風の古びた建物。お世辞にも快適な部屋とは言えないが、ひと月も滞在すればそれなりに居心地が良くなる。

座り込んだ途端、ギシギシと不安な音を立てて軋むボロいソファーで、背筋を伸ばして脱力する。すると後に続いて部屋に入ってきた小太り髭面の中年男性が苦笑いしながら声を掛けてくる。

「お疲れ様、ミカゼ。今日の撮影は上手くいったのかい？」

私はその声の主であるロバートに向かって親指を立てて見せた。

「なんとか満足いく写真が撮れたわ。ロブもごめんなさいね。日程が2日もずれ込んじゃって」

「いつものことだから構わないさ。ミカゼが仕事に妥協しないのはよく知ってるしね。それに、ミカゼと一緒に仕事できるのは今回が最後だから、撮影が上手くいって嬉しいよ」

そう言って笑うロブことロバートの顔は少し淋しそうでいて、満足げにも見える。

彼は長年、私の撮影に付き合ってくれていたコーディネーターだ。

遠征の計画から滞在先の確保、ビザの申請や現地での撮影許可など、様々な手続きを一手に引き受けてくれている。

世界中の野生動物や昆虫、植物などを撮影する鳳　美風にとって、もっとも信頼し頼りにしているスタッフだ。国や地域ごとに異なる複雑な手続きをしてくれる彼がいなければ、ここまで安心して撮影に専念できなかっただろう。

そんなロバートも遅まきながら昨年末にようやく結婚したのだが、1年のほとんどを海外で過ごすことになるのはさすがに酷だということで、今回の撮影を最後に本国に帰って新婚生活をスタートさせることになっている。

これまで10年以上も世界中を引っ張り回したおかげで蓄えは充分にあるし、今後はその経験を生かして撮影コーディネーターの派遣会社を立ち上げる予定となっている。

ちなみに結婚相手も私の元スタッフで、ロバートと共に支えてくれていた小柄で可愛らしい女の子だ。彼と並ぶと熊と捕食されそうな子鹿にしか見えないのよね。

ただ、彼等ほど信用できるスタッフの代わりがすぐに見つかるはずもないし、ロバートの会社が立ち上がるのもまだ先なので、当分は私もお休みにするしかないわね。

というか、そろそろ体力的に厳しくなってきているから引退も考えないと。でもそうなると確実に暇を持て余してしまいそう。

私が今後について考えを巡らせていると、ロバートが手紙の束を差し出してくる。

「ミカゼ宛ての手紙だよ。どうせ撮影が終わらないと開封もしないだろうから預かっておいたんだ」

さすが長い付き合いなだけはある。撮影が一段落しない状態で余計な雑音が入るのが嫌で、いつも適当なところに突っ込んでおくだけだものね。

受け取った手紙をチェックする。

出版社からのものが7通。内容は出版予定の写真集に関するものと科学誌に掲載する写真の使用許可を求めるもの。それからオーストラリアの珍しい鳥類の撮影依頼。どれも事前にメールで連絡が来ていたものだ。全て日本の出版社からで、メールだけで完結しないのがあの国らしい。

どちらにしてもこれらは全て返答済みなので、契約書関係だけ顧問弁護士に丸投げしておけば大丈夫ね。

そして残りの手紙に目をやると、送り主は全て皇（すめらぎ）家の関係者。それが3通。

兄からのものは、まぁ、いつものことなので気にしていない。ただ、今回は兄だけでなく比佐ちゃんと和田（わだ）さんからのものもあった。

この3人から同時に手紙が送られてくるというのは、葵ちゃんが倒れたと知らされたとき以来で、相当重要な連絡という可能性もある。

おそるおそる封筒を開けて中の便箋を取り出し、読む。まずは和田さんからのものだ。

「え？　う、嘘（うそ）、陽斗が、葵ちゃんの、あの子が見つかった？　兄さんが保護した？」

執事頭の和田さんの手紙は、余計な挨拶も回りくどい言葉もなく要点だけが書かれている。

その内容は、彼の性格を知っている私ですら俄（にわか）には信じられないものだった。

乳飲み子だった陽斗が誘拐されて14年。

世界有数の資産家である兄が全力で捜しても、手がかりひとつ得ることができなかったことで、私は陽斗の生存をほとんど諦めていた。

莫大（ばくだい）な資金を投じ、警察だけでなく全国の興信所も動員させて何年も捜した。にもかかわらず陽斗も、顔や身元が判明している誘拐犯も見つけることができなかったのだ。

日に日に憔悴（しょうすい）していく葵ちゃんや兄を見ていることができず、仕事を言い訳に海外へ出たまま、滅多に日本へ帰らなくなった。

自分でも分かっている。私は逃げたのだ。

可愛い又甥（またおい）が奪われ、妹のように大切に思っている姪（めい）の顔から笑顔が消えた。兄ですら、ひとりになったときに涙を流しているのを知っている。

そんな姿を見ていたくなくて私は逃避し、仕事に打ち込むことで忘れようとした。

だが、そんな私に突如としてもたらされた知らせ。

私はすでに部屋を出ていたロバートを追って、彼が泊まっている部屋のドアを乱暴に叩く。

「ロブ！　すぐに日本への飛行機を手配して！　とにかく1秒でも早く到着するやつ」

「ちょ、ミカゼ!?　どうしたんだい？　急に。それに、街まで行っても空港に発着する飛行機は明後日じゃないと」

今私たちがいるのはカナダの北部、アラスカと同じく北極圏に位置する田舎町だ。いや、町というよりは村といった方がしっくりくるような場所で、今回は北極圏の夏に短い期間だけ姿を現す蝶を始めとした昆虫を撮影するためにやってきていた。

冬であればオーロラを見に多少の観光客がやってくる場所なのだけど、夏は観光客もほとんど居らず、農業を営む住人が数十人住むだけという寂れ具合。

一番近い街までは車で数時間かかり、その街から空港のある都市に行くにはさらに車を十数時間走らせなければならない。

「それをなんとかしてほしいのよ！　お金はいくら掛かっても構わないから、お願い！」

私の無茶な頼みに、ロバートが仕方ないと肩をすくめる。そしてどこかに電話を掛けはじめた。

私がロバートに無理を言うのは今に始まったことではないが、私の必死な様子に何かを感じたのだろう。何カ所も電話を掛けたり、パソコンを開いて何かを調べたりしている。

どのくらい時間が経ったただろうか。おそらくは十数分程度だとは思うが、私は破れそうなほど激しく打ち鳴らされる心臓の鼓動を懸命に抑えてロバートの言葉を待ち、やがて彼が大きな息を吐いてこちらを振り返る。

「明日朝7時にヘリが到着するから、それでイヌビクの空港でチャーター機に乗り換えてバンクーバーだ。あとはそのまま飛行機でトーキョーだけど良いかい？　席はファーストクラスしか空いてないみたいだし、ヘリとチャーター機でとんでもない費用だけど」

「さすがロブね。ありがとう、愛してるわよ！」

「Ｏｈ！　ミカゼのことは尊敬してるけど僕には愛する妻がいるからね。だから感謝は別のもので表してほしいね」

私の軽口に、ロバートは親指と人差し指で丸を作り悪戯っぽく笑う。どうでも良いけど、その日本人的なジェスチャーが癖になって怒られても知らないわよ。欧米だととっても下品で相手を怒らせるんだから。

費用に関しては問題ない。兄に頼るまでもなく蓄えは充分にあるから、その程度は大して痛くないわ。それより、少しでも早く日本に戻って陽斗の姿を確認したい。

ロバートにお礼を言って部屋に戻った私は、すぐに荷物をまとめ始める。と、まだ目を通していない手紙が残っていることを思い出した。

他にも、以前来ていた手紙や、どうせたまには顔を出せという内容だろうと考えて読みもせずに放置していたのも。

キャリーバッグの内ポケットに入れっぱなしにしていたそれらも引っ張りだし、古いものから開封して目を通していった。

成田に到着した私ははやる気持ちを抑えて入国手続きを終え、仕事道具とわずかな着替えだけが入ったリュックを肩に掛けて空港を出る。

出口のすぐ前にはタクシー乗り場があり、数台の車が客待ちをしていたので近づく。

「少し遠いんだけど良いかしら？　帰りの費用も負担するから急いでほしいの」

開かれた後部座席のドアの外から問いかけると、運転手は時計を見てから少し考える仕草をする。

「日帰りできる距離なら大丈夫ですよ。関東圏内かい？」

遠いと言ってもそれほど常識外れな距離でもないし、昼を少し過ぎた今の時間なら、夕方には戻ってこられるはずなので問題ないだろう。

私が行き先を告げると、笑顔を見せて乗るように促す。上客だと判断したようだ。日本のタクシーだから実際に帰りの料金は受け取らないかもしれないけど、距離からすればそれだけ美味しいのだろう。

走り始めると運転手が機嫌良く話しかけてくるが、私は適当に聞き流しながらリュックから十数通の手紙を取り出して内容を確認する。

移動中の機内でも何度も読んだのだが、気持ちを落ち着かせるためと、何より今でもどこか信じられないという思いが消えないからだ。

姪である葵ちゃんが亡くなってから、年に1、2回しか兄のところに顔を出さなくなった。前回訪ねたのも1年以上前のことだ。

陽斗のことが書かれた一番古いものは、昨年の暮れに送られたもの。そこにはごく簡単に陽斗が見つかったことと、皇家で保護することになったことだけが書かれている。

その次は保護した後、そして受験や高校入学など当たり障りのない内容が続く。

有数の資産家である皇家から出された手紙だ。海外では郵便事故も多いし詳細に書くわけにはいかなかったのだろうが、簡潔すぎて詳しいことが分からない手紙に苛立ちすら覚える。

とはいえ、どうせたまには顔を出せという、いつもの説教が書かれていると思い込んで、読んでもいなかった私が悪いのだから文句は言えない。

後になって思えば、タクシーの中から電話くらいは入れておくべきだったのだけど、このときの私はそんなことすら考えられずにいた。

余裕のない表情で、素っ気ない受け答えしかしない私に、空気を読んでくれた運転手は口をつぐんで速度を上げてくれたようだった。

1時間半ほどで兄の屋敷に到着する。白い壁に囲まれた広大な敷地と、どこかの軍事施設を思わせるような門構えに、口をぽかんと開けている運転手。その彼に往復の料金よりも多い金額を押しつけてタクシーを降りる。

「ゲッ！　さ、桜子さん？」

タクシーから人が降りると、警備員数名が門の外に出てくるが、そのうちのひとりが私の顔を見て思わず声をあげた。

……ゲッてなんなのよ。

「大山（おおやま）さん、お久しぶりね。他の人たちは初めて見る顔だけど」

「ええ、陽斗さまが見つかってから旦那様の指示で警備もメイドも増員しました。身元も経歴も思考信条も調べてますから信頼できますよ」

大山さんのその言葉で本当に陽斗がここに戻ってきているのを実感することができた。

「とにかく、陽斗に会わせてもらうわよ」

「あ、ちょっと、桜子さん！　和田さんに確認しますから！」

押しとどめようとする大山さんを振り切って本邸に向かう。

慌ててどこかに電話を掛けるのを尻目に建物へ入ると、驚いた顔で固まっているメイド服姿の使用人に陽斗の居るところを尋ねる。

どうでも良いけど、妙にメイド服のスカート丈が短いし、胸元が開いているように思えるのだけど気のせいかしら。

私の質問に、使用人の女性は答えず、私を不審な目で見る。当然の態度だし、咄嗟のことでも陽斗の居場所を濁そうとしたのは評価できるわね。

けど、一瞬だけ視線が食堂に向いたのに気づいた私は、構わずそちらに足を向ける。

「陽斗はここにいるの!?」

勢いよく食堂のドアを開ける。

驚いた表情のメイド3人と、小さな男の子？

最初はこの男の子が誰か分からなかったが、見た目の年齢を除けば葵ちゃんの子供の頃によく似ていて、私はすぐに陽斗だと分かった。ただ、信じられなかったけど。

確かめるように抱きしめる。

本当なら思春期の男の子にするべきじゃないだろう。普通に嫌がるだろうし、場合によっては怒るかもしれない。

でも私はこれが現実だと実感したかった。

本当なら葵ちゃんや兄を支えなければならなかった。それなのに逃げ出した私に、陽斗を抱きしめる資格なんてないのかもしれない。

何もできなくても側に居て、励ましたり共に苦しんだりするべきだったのだ。

そんな私を、陽斗は振り払うことなく困った顔でされるがままになっていてくれた。

途中で比佐ちゃんが割って入り、ひとしきり説教を受けたが、その間も陽斗は私のことを心配そうに見ていた。

筆舌に尽くし難い辛さを味わってきたであろう陽斗。

後から聞いた、誘拐されてからの十数年の虐待と陰湿で苛烈な虐めの数々。

話を聞いただけではらわたが煮えくり返る思いだった。

加害者たちはすでにその所業に相応しい報いを受けているため、私にできることは残っていない。

本音を言えばそいつら全員カンディルの棲んでいる水場か、軍隊蟻の隊列に放り込んでやりたいと思っているが、私にその資格はない。

だからこそ、これから先、私が葵ちゃんの代わりに陽斗を守り、支え、導いていこう。

それが私の、逃げ続けた私にできる償いであり、生きる意味になる。

なんて、かっこつけてみたけど、そんなことよりも、あんなに可愛い又甥が帰ってきたのだもの。絶対に幸せにしてみせるわ。

だから、許してね、葵ちゃん。

閑話その2 ――救いの神

「新城さん、そろそろ仕事を切り上げたら？　娘さんをお迎えに行かなきゃいけないでしょ？」

パソコンに書類の数値を入力していると、職場の上司に声を掛けられた。

16時50分。

任された仕事はまだ終わっていない。

けれど、指示された期日にはまだ余裕がある。無理をせずキリの良いところまで入力し、デスクの引き出しに書類を片付け、机の上も綺麗にする。

ここで働き始めて2カ月になる。でも、まだまだ覚えることばかりでとても戦力になっているとは言えない。

以前は何をしても夫に罵倒され、パート先でも私のみすぼらしさに陰でコソコソ言われて自信をなくしていたけど、そんな私にこの職場の人たちは皆親切に接してくれている。

それに福利厚生も手厚いし、子育てをする女性に対しての理解もある。そして何より入社したばかりだというのに、親子ふたりがちゃんと生活できるだけの給与をもらえているのが、今でも信じられない。

終業時間になり、私が席を立つのと同時に、他の社員の半数以上が鞄を手に帰り支度をしていた。

残業する人もいるようだけど、聞いた話だとせいぜい1時間程度。間違いなくホワイトな職場だと思う。

私は上司や先輩たちに挨拶し、オフィスを出る。

娘の通っている保育園は、今住んでいるマンションと会社の中間くらいにあるので、お迎えの時間には充分間に合う。

会社から10分ほど歩いた場所にある保育園に到着すると、子供たちのはしゃぐ声や、保育士さんたちが園児を呼ぶ声が門の外まで聞こえてきていた。

「あ、ママ！」

その声に私が園庭へ目をやると、娘の茉菜花が泥だらけの両手をブンブンと振りながら笑顔を見せてくれる。

「茉菜ちゃん！　お迎えに来たよ。お手々洗ってきてね」

私が大きな声でそう返すと、茉菜花は嬉しそうに頷いて手洗い場に走っていった。

あらあら。さっきまで一緒に遊んでいた男の子が面白くなさそうに頬を膨らませてこっちを睨んできたわ。う～ん、娘のことが好きなのかしら。

今の子供ってマセてるらしくて、職場の先輩の話だと幼稚園や保育園でだれだれと付き合ってるとか、好きな子を取り合ってケンカすることもあるって。

私なんてその頃の記憶は曖昧だけど、男の子に交ざって毎日駆け回ってばかりだったって聞いたわね。多分何も考えてなかったと思う。

「新城さん、お仕事お疲れ様でした。茉菜花ちゃん、今日もとっても良い子でしたよ。男の子に意地悪されてたお友達をかばったり、仲直りさせたりしてくれてました。いっぱい褒めてあげてくださいね」

手洗いを終えて帽子やバッグを身につけた茉菜花は保育士さんに連れられて門まで出てくる。

そして先生の言葉に誇らしげに胸を張っているのを見て、思わず顔がほころんだ。

今の生活が始まる前。身分証もなく最低賃金よりもさらに低い時給でパート仕事をしていた。

古くて狭いアパートで暮らしていた頃の茉菜花は、いつも不安そうに身を縮め、時折癇癪を起こしたように泣いていた。

それが今では年相応の天真爛漫さを見せることも多くなり、いつも楽しそうに笑うようになった。それだけでなく癇癪を起こすこともめったにない。

きっと私の余裕のなさが茉菜花を追い詰めていたのだろう。

手を繋いで、帰りの途中にあるスーパーへ向かいながら、嬉しそうに私をチラチラと見る茉菜花を見て、私の胸にチクリと鋭い痛みが走る。

この痛みは身体の不調によるものではなく、私の罪が引き起こしたもの。

今でもどうしてあんなことをしたのか分からない。でも、私は間違いなくこの娘に暴力を振るっていた。それも一度や二度じゃなく、何度も。

将来が不安だった。生活が苦しかった。自分でもどうしていいのか分からなかった。

そんなとき、情緒不安定だった茉菜花が癇癪を起こすと、それを受け止めることができず、感情のまま手を上げてしまった。

火がついたように泣く茉菜花にハッとなり、掌を叩き付けた娘の太ももを見ると、くっきりとした手形で真っ赤に腫れ上がっている。

私はすぐに茉菜花を抱きしめ謝った。後悔で涙が溢れる。

茉菜花と一緒になって声をあげて泣いていると、いつの間にか泣き止んでいた茉菜花が、私の頭を小さな手で一生懸命撫でていた。それを感じてさらに涙が流れた。

心の底から自分の所業を恥じた。

二度と同じことはしない。

心に誓った。はずだったのに、それから数日を空けず同じことを繰り返してしまう。

繰り返される茉菜花への暴力と後悔の波。

しかもそれはだんだん頻度が増え、度合いも強くなっていった。

きっと手を上げた事実が、私をさらに追い詰めていったのだろう。だからといって許されることじゃない。どんな言い訳をしたって、娘を傷つけ辛(つら)い思いをさせた事実は消えない。

私は恐(こわ)くなった。

このままでは私はもっとこの娘を傷つけてしまう。もしかしたら殺してしまうかもしれない。

私に残された、たったひとつの大切なもの。それだけは絶対に壊したくなかった。

そんな中で思いついた方法はひとつしかなかった。

私は夏のある日、アパートから少し離れた公園に茉菜花を連れて行った。そこは住宅街に隣接していて、比較的交通量の多い幹線道路にも面している場所。

いくつかの遊具と公衆トイレ、水飲み場があり、屋根付きのベンチや日差しを遮る木々も植えてある。

ここなら見通しも良いし、近隣住民の目にもつきやすいだろう。昼間とはいえ、小さな女の子がひとりで居れば、きっと誰かが保護して通報してくれる。

今考えればとても危ないことだ。変質者が茉菜花に目をつけるかもしれないし、日陰があるとはいえ、真夏の炎天下に子供を放置するなんて正気の沙汰じゃない。

でもこのときはこれしかないと思っていた。

途中のコンビニでおにぎりやお菓子を買って茉菜花に持たせ、絶対に公園から出ないように言い聞かせて私は娘を置き去りにした。

そこから先は記憶が曖昧だ。

フラフラと歩いて駅まで行き、電車に乗って海に出たのは憶えているが、次に気がついたときに居たのは病院だった。

「ねぇ、ママ、こんどはいつおにいちゃんにあえるの？」

今の生活ができるようになった経緯を思い返していると、茉菜花がどこか縋るような表情で尋ねてきた。

「ん～、お兄ちゃんも学校で忙しいからいつになるか分からないなぁ。でも絶対に茉菜花に会いに来るって約束してくれたでしょ？　だからきっと近いうちに会えるわよ」

私の口から具体的な日が出てこなかったから不満なのだろう、茉菜花がプクッとほっぺたを膨らませてわかりやすく拗ねる。

でもそれは以前の癇癪とは違って、どこか甘えが含まれていて、私としては可愛いとしか思えない。

茉菜花の言う「おにいちゃん」こそが私たち親娘を救い、生活を立て直すきっかけになってくれた少年。

公園でひとりぼっちだった茉菜花に声を掛け、一緒に居た大叔母と家に連れ帰り保護してくれた。

もし彼がそうしなくても、茉菜花は警察や児童相談所が保護してくれたかもしれないけど、私たちが今の生活を手に入れることはできなかったはず。

私が茉菜花に再会できるまで、彼は娘にとても良くしてくれたらしい。話を聞いただけでもどれほど優しくて思いやりに溢れているか、運が良かったという言葉では片付けられない。

スーパーに入って買い物をしている最中も、茉菜花は今度お兄ちゃんに会ったらどんなことを話すとか、何をして遊ぶとかを楽しそうに口にしている。

今のマンションに来てからも、彼は何度か茉菜花に会いに来てくれていて、娘もまたすぐ会えると思っている。

そんな娘が可愛らしくて、今日は大好物であるハンバーグを作ろうと思い、材料を買いそろえる。喜ぶ顔を想像し、私まで楽しくなってきた。

そして会計を済ませ、また手を繋ぎながらマンションの近くまで来たとき、車道側から声を掛けられて驚く。

「茉菜ちゃん！」

「あ、おにいちゃん！」

声を聞いただけで茉菜花はすぐに分かったらしい。すぐ走り出そうとするのを、握った手に力を込めて慌てて止める。

不満そうに振り返る娘に、急に走ったら危ないことと、車に気をつけなければならないことを言うと、素直にごめんなさいができた。

本当に最近のこの娘は聞き分けが良い。やはり環境は大切なのだと改めて思う。

ふたりで彼、陽斗くんの車が止まるのをその場で待っていると、マンションの入口付近で降りた彼が走り寄ってきた。

その姿を見るととても高校生には見えず、茉菜花より少しだけ年上にしか思えなかったが、その外見に似合わずかなり辛い経験をしてきたと聞いてかなり驚いたものだ。

だからこそ茉菜花に寄り添ってくれ、娘も懐いたのだろう。

「茉菜ちゃん、元気だった？」

「うん！　あのね、ほいくえんもたのしいし、ママもすごくやさしいの！　あと、おにいちゃんにあえてうれしい」

最後は少しばかり恥ずかしいのか、小声になる娘。

……ひょっとして、茉菜花は陽斗くんが好きなのかしら。確かに最近は彼が来るとずっとべったり張り付いているし、ほとんど毎日「次はいつ会えるか」って聞いてくるくらいだけど。

……10歳差、かぁ。

「元気そうでなによりだ。仕事の方は慣れたかね？」

不意に声を掛けられた私はそちらを向き、慌てて頭を下げる。

「あ、あの、はい、皆さんにとても良くしていただいています。皇様にはなんてお礼を言ったら良いか」

気づかなかったとはいえ、声を掛けられるまで挨拶をしなかったことで背中に冷たい汗が流れた。

声の主こそ、陽斗くんのお祖父様で、実際に娘を保護し、住むところと仕事を用意してくれた恩人、皇　重斗様。

全然知らなかったが、職場の上司からとても凄い人だと聞いたときは気が遠くなった。

「ふむ、それは良かった。何か困ったことがあれば遠慮せずに連絡してくるといい。それが茉菜花ちゃんのためでもあるからな」

私の慌てぶりを気にする様子もなく、皇様は鷹揚に微笑みを向けてくれたのでホッとする。

「あの、今日はどうして」

「いや、少々用事があってついでに陽斗を迎えに行ったのだが、茉菜花ちゃんのところに顔を出すと聞いたのでな。せっかくだから儂も挨拶くらいはしておこうと思っただけだ」

皇様はそう言いながら、陽斗くんと茉菜花が楽しそうに会話する様子を微笑みながら見ている。

それは淋しそうにも、嬉しそうにも見える複雑な感情が込められているように思えた。

「儂は陽斗を悲しませたくない。新城さんが茉菜花ちゃんを大切に思っているのと同じでな。もう分かっているだろうが、親は、子供が大人になるまでは見守る義務がある。少なくともその責務を自ら手放すなど許されん」

「はい。今度こそ、その義務を果たしたいと思っています」

皇様の言葉は、茉菜花を残して逃げだそうとした私に深く突き刺さる。

今も思い出すたびに胸が痛むけど、それでいい。

私がしたことの罪は消えない。だからこそ、二度と茉菜花を悲しませることはしない。

茉菜花を救ってくれた陽斗くんと、今の生活をもたらしてくださった皇様を裏切るようなことをすれば、今度こそ私は地獄に落ちるだろう。

でも大丈夫。私は母親として、茉菜花の幸せを心から願っていると再確認できたから。

「え〜！　おにいちゃん、きょうはあそべないの？」

「うん、今日は茉菜ちゃんの顔を見に来ただけなんだ。今度はお休みの日に来るから、その時に遊ぼうね」

「うぅ〜、わかった、やくそくだよ！」

小さな約束。けれど陽斗くんは必ず守ろうとしてくれるだろう。

幼さの残る顔立ちの、まだ高校生でしかない彼には大切なものを教わった気がする。

車に乗り込んで帰っていく彼等を、茉菜花と見送りながら、恩人に恥じない生き方をしていこうと決意を新たにする。

でも、とりあえずは家に帰ってハンバーグを作らなきゃね。

書き下ろし
番外編

When I went back to my parents' house,
I started living a pampered life.

書き下ろし番外編　小さな英雄(ヒーロー)

ガヤガヤと賑やかな教室。大きな笑い声や叫び声が秩序なく飛び交っている。

「なんだアイツ」

「ボロボロじゃん。きったねぇ」

まだ小さな、小学校に入学したての子供たちは無邪気だ。だが、陰湿さこそないがそれだけに容赦がない。

入学式の翌日、早速ひとりの男の子が弄(いじ)りのターゲットになった。

教室にいる子供たちの誰もが真新しい服にピカピカのランドセルという格好なのに、ひとりだけ色あせたTシャツ1枚に所々擦り切れたハーフパンツ、どこかの店でサービスとして配っているようなエコバッグに教科書などを詰め込んでいる。

ボサボサで適当に切ったようなガタガタの髪は艶がなくくすんでモッタリとしていて清潔感に欠けていた。

これだけの要素が揃えば標的にされても不思議ではない。

「オマエ、なんでそんなにきた(汚)ないんだよ！」

「うわっ、くっせぇ！」

数人が男の子を囲んで口々に罵倒し始めた。女児たちもその様子をクスクス笑うだけで止めようとはしない。

「ふくかってもらえなかったのかよ」

「びんぼーにんじゃん！　なんでがっこうきてるんだよ」

「なんとかいえよ！」

とうとう中心に居た男児が男の子の頭を小突いてしまう。

「や、やめて」

「なんだしゃべれるのかよ」

男の子がわずかな抵抗を見せると、ますます調子づいて弄りが酷くなる。

それを中断させたのは突然響いた声だ。

「なにやってんだよ」

驚いて振り向く男児たち。

そこに居たのは他の子と同じような真新しい服ながら、所々汚れて膝に擦りむいた痕のある勝ち気な表情の男の子だ。

「な、なんだよ、オマエにかんけーないだろ」

「おなじクラスだからかんけーあるぜ。てーか、そんなちっこいやつしゅーだんでいじめてたのしいのかよ」

「うるさい！」

ランドセルを持ったままズンズンと近づいてくる男の子の勢いに怯えたのか、他の子たちは後ずさったが、逆にひとりだけ、大声を上げてその男の子に飛びかかった。

「いてっ！　このっ！」

すぐに教室を転がりながらの取っ組み合いになる。

「きゃあ！」

「うわーん」

突然始まった男の子同士の喧嘩に教室内は大騒ぎになる。悲鳴を上げる女児、泣き出す子も居た。

机を押しのけ、つかみ合いをしているうちに、いじめを止めた男の子が飛びかかってきた男の子に馬乗りになり、腕を振り上げる。

「だ、だめ！」

その瞬間、被害者の子がその腕に抱きつくようにして止めた。

「うわっ、なんだよ」

「たたいちゃ、だめ」

驚いた男児が動きを止めると、もう一度小さく、しかしはっきりと言う。

「なにをしているの！　やめなさい！」

騒ぎを聞きつけたのか、それとも誰かが呼んだのか、担任の女性教師が大声で怒鳴りながら子供たちを引き離す。

「門倉くん！　佐藤くん！　どうしてケンカしたの⁉」

目を吊り上げて詰問する教師を門倉と呼ばれた男の子は堂々と見つめ返し、佐藤と呼ばれた子は怯えたように目をそらす。

「あの、ぼ、ぼくがさとうくんにからかわれてたのをかどくらくんがとめてくれて」

「井上くんね。先生はふたりに聞いてるの、あなたは黙ってなさい」

女性教師は井上という男の子を見ると不快そうに顔を歪め、押しのけようとする。

だが男の子は門倉をかばうように両手を広げてさらに言う。

「かどくらくんはわるくないです。だから、おこらないでください！」

「このっ！　いいからどきなさい！」

バチンッ！

苛立った彼女が衝動的に手を振り下ろす。

乾いた音。だが、それは眼前の少年ではなく、不意に割り込んだ門倉少年の側頭部に当たったものだった。

「いってぇ！　ふざけんな、このババァ！　こいつがなにしたってんだよ！」

「なっ!?」

「せんせーがそんなにえらいのかよ！　ぜんぜんこっちのはなしもきかないで、なんでたたかれなきゃいけないんだ！」

「だ、黙りな……」

「やめなさい！　清水先生、何の騒ぎですか！」

「きょ、教頭先生」

声を荒らげようとした女性教師を、落ち着いた声音の年配教師が制した。

その後、清水教諭と3人の男の子たちは職員室に移動して話をすることになった。


「ちぇっ、やっぱりおこられた。なーんかなっとく？　できねー」

「あの、ごめんね、ぼくのせいで」

一緒に職員室を出るとまたケンカをするかもしれないと、佐藤とは時間をずらして出た門倉と井上。

荷物が置いてある教室に戻る廊下で門倉が唇を尖らせると井上が申し訳なさそうに謝った。

「オマエはわるくねーじゃん。いちいちあやまんなよ。あ、それと、おれはこうき。オマエはなんてなまえ？」

「う、うん。えっと、ぼ、ぼくはいのうえたつや」

「いのうえたつ、たっちゃんでいいか！　おれのこともすきによんでいいからな」

光輝は勝手に呼び名を決めるとニカッと笑う。

その顔には底抜けの明るさだけがあり、それを見た達也もはにかんだ笑みを見せる。

「じゃ、じゃあ、ぼくもコーくんってよんでもいい？」

「おう！　これからよろしくな！　ってか、たっちゃんはなんでそんなボロっちぃふくきてるんだ？　ランドセルもねぇみたいだし、かってもらえないのか？」

さすがは小学生である。遠慮も配慮もなしにズケズケと踏み込んでいく。

「えっと、ぼく、ふくとかえんぴつとかかってくれないから、ちかくのおばさんがくれたのしかないんだ」

達也の言葉を聞いた光輝は少し考えを巡らすように腕組みをする。

大人の仕草を真似しているのだろうが、しているのが小学1年生となれば可愛らしくもある。

「ん～、あ、そうだ！　たっちゃん、がっこうおわったらうちにこいよ」

「え？　ど、どうして？」

突然の申し出に達也は戸惑うが、言い出した光輝はニシシと意地悪な笑い方で理由を言わない。が、さらに誘われて頷いたのだった。

教室に戻ってみると別の男性教師が子供たちに学校での過ごし方や勉強について話しているところだった。

担任の清水教諭は、子供に手を上げたことで今も教頭先生から叱責を受けているはずだ。

達也と光輝が教室に入ると、男性教師はひとつ頷いて席に座るように促した。

その後チャイムが鳴るとこの日の学校は終了となる。

まだ入学2日目であり、早い時間で下校となるようで、校門近くには多くの保護者が迎えに来ている。

「うちはきてないぜ。よーちえん（幼稚園）のときからきてるからへーき（平気）なんだ」

光輝がそう言って誇らしげに胸を張る。

もちろん達也の母親の姿はなく、期待していなかったのか彼に失望の色はない。ただ、他の子たちが母親に飛びついて甘えているのを羨ましそうに見ているだけだ。

「いこうぜ！」

光輝が達也の腕を引っ張って校門に向かう。

そして門を通り抜けた直後、光輝の背中と達也の頭に泥の塊が投げつけられた。

「げっ!? なんだ?」

「へんっ! ざまあみろ」

振り向くと、光輝と取っ組み合った男児が舌を出してあっかんべーをし、すぐに走り去っていく。

「あいつ! あした、ぜったいなかす」

光輝は一瞬追いかけようとしたが、そのときにはすでに校門からずいぶんと離れていて追いつくのは無理だと思ったらしい。舌打ちして諦めることにしたようだ。

その後は誰かにちょっかいをかけられることなく、光輝の案内で10分ほど歩いたところにあるマンションに入っていった。

「ただいまぁ!」

「光輝! あんた学校で喧嘩したって? 学校から連絡来たわよ! って、お友達?」

光輝が元気よく玄関を開けると、すぐさま母親らしき女性の声が響いてきた。

その声といい、首をすくめて悪戯っぽい笑みを浮かべる光輝の態度といい、これまでもずいぶんとやんちゃをして親を悩ませてきたことが容易に想像できる。

声に続いて玄関にやってきた女性が、光輝の後ろに所在なげに立っている達也の姿を見て目を丸くした。入学翌日にさっそく友達を連れてきたからだろう。

「あ、あの、えっと、いのうえ、たつやです。コーくんにさそわれて、その」

「まぁまぁ、可愛らしい子ね。いらっしゃい、どうぞあがって」

光輝の母親は優しい笑みを浮かべて達也を手招きした。

「まずは手を洗って、あら？　泥だらけじゃない」

おずおずと玄関に入る達也を見てそんな声を上げると、光輝が横から口を出した。

「かーちゃん、たっちゃんち、ふくとかランドセルとかかってくれないんだってさ。だからふくとか、にーちゃんがつかってたやつあげてもいいだろ？」

その言葉に光輝の母親は眉をひそめる。

「それは構わないけど、とにかく先にお風呂に入った方が良いわね。こっちおいで、光輝、あんたもよ」

「うぇ！　まぁいいか、たっちゃん、いっしょにはいろうぜ」

「う、うん」

女性に手を引かれ、達也が風呂場まで連れて行かれる。

脱衣所に入ると、彼女は達也の前に屈む。

「泥が落ちちゃうから私がTシャツを脱がせるわね」

目を見ながら優しく微笑まれ、達也はコクンと小さく頷いた。

後ろで光輝が「わぉ、かーちゃんエッチ」とか言っているが一睨みして黙らせる。

そして髪にこびりついた泥が落ちないようゆっくりとTシャツをめくり上げ、息を呑んだ。

彼女だけでなく、明るくふざけていた光輝までだ。

「これは……」

何かを言おうとして、それ以上言葉が出てこない。

露わになった達也の身体は、元の肌の色がわからなくなるほどの青あざや赤黒い腫れ、ミミズ腫れや火傷の痕で覆われていた。

思わず腫れている箇所に手を伸ばすが、達也がビクリと身を固めるのを見て止める。

「熱いとしみるかもしれないから少しぬるくしましょうね。私が洗ってあげるから、痛かったら言ってね。我慢しちゃ駄目よ。光輝は自分で洗いなさい」

「お、おう」

そうして達也が痛くないよう優しく丁寧に髪と身体が洗われ、ガタガタだった髪も手早く整えられてから、少しぬるめの湯船にふたりして浸かる。

その間に静香と名乗った光輝の母親は着替えを用意する。光輝の兄のお古らしいが、成長の早い子供の服だ。汚れや傷みもほとんどない新品同様のものばかりで、渡された達也が戸惑ってしまう。

「もうお昼だし、ご飯も食べていきなさいね。ランドセルとか文房具も出さなきゃ」

「あの、ありがとうございます、ぼく……」

達也が言葉を途中で詰まらせる。代わりに両目から涙が溢（あふ）れてくる。

「辛かったわね。私たちに大したことはできないかもしれないけど、困ったことがあったらいつでもここに来なさい」

静香がそう言って、標準よりもずっと小さな身体を包むように抱きしめる。

「光輝も、達也くんの力になってあげるのよ」

「とーぜん（当然）じゃん！　おれ（俺）たちもうともだち（友達）なんだぜ！」

力強く宣言するできたばかりの友達に、達也の涙はますます止まらなくなる。

落ち着くまで声を殺して泣き続け、そして光輝が「はらへった！」と騒ぎ始めるまでつかの間の温かさに浸るのだった。


昼食を終え、泊まっていけと引き留める光輝に「そうじ（掃除）とかせんたく（洗濯）しなきゃいけないから」と断り、兄が使っていたという、まだ充分に綺麗なランドセルにいくつかの文房具と数枚の服を詰め込んで達也は帰って行った。

そして翌日。

「こいつはおれのしんゆうだから、いじめたらしょうちしないからな！」

登校するなり教卓の上で仁王立ちし、光輝はそう声を張り上げたのだった。

これは陽斗がまだ井上達也と呼ばれていたときの、彼を救った小さな英雄のお話。

あとがき

お久しぶりでございます。月夜乃古狸(つきよのふるだぬき)です。

第3巻です。

出すことができました。

今の心境は、「よっしゃぁぁぁ!!」という、ただそれだけです(笑)。

前巻のあとがきで「1巻はイラストレーターさんのおかげ、2巻目以降が作品の評価」という話を書きましたが、3巻目です。

はい。

めっちゃ嬉(うれ)しいです。

評価されたというよりも、それだけ沢山の方が読んでくださって、続巻を楽しみにしてくださったということが何よりも嬉しく感激しています。

作品としては序盤を無事に終え、中盤に入ったというところですが、これから先も陽斗くんの周囲では様々な事件やイベントが目白押しです。

学園ラブコメじゃなかったのか？　というツッコミもありますが、大丈夫です。多分。

次巻以降にヒロインが頑張ってくれるはず。

ともかく、3巻目が出せたのは第一に読者の方々の、そしてより良い作品になるように力添えをし、販売にも力を入れてくださった担当様を始めとした編集部の方々のおかげ。

そう、売れなければ作者の責任ですが、売れたのは読者様と編集部の力なのです（戒め）。

調子に乗らないようにしなければ。


さて、古狸が作家としてデビューして5年目を迎えることができましたが、ときどき人に聞かれるのが「なんでそんなに物語が思いつくの？」という質問。

はっきり言ってものすごく答えづらい。

正直に言えば、ストーリーや設定を考えるのを難しいと思ったことがないです。というか、多分、マンガや小説を書いたことのない人でも、映画やドラマを見たりマンガを読んだりした後に、その登場人物や設定を使って頭の中で好き勝手にストーリーを想像したりすることはあるんじゃないかなと思います。

物語を作るっていうのはその延長線上にあって、やっていることにそれほど違いはないんですよね。

ただ、不特定多数の方に読んでもらおうと思ったらもちろんそれだけじゃ駄目なわけで、自分の脳内で、自分だけが楽しむためのストーリーではなく、読んだ人が楽しめる内容にしなければいけない。

でも、どんなストーリーが面白いかなんて人それぞれで、絶対的な答えなんてありません。もしそんなものがあったら小説の当たり外れなんて存在しませんよね。

だから、自分だったらどんな物語を面白いと思うか、魅力のあるキャラクターはどんな人物なのかとかを色々と考えるわけです。

人の本心なんて分かるはずがないのであくまで基準は自分。そして物語のレパートリーはそれまで接してきた小説やマンガ、映画、アニメ、ドラマなどの種類や数に比例します。

そういったものを見たり読んだりしたことのない人が小説を書くのは不可能だと思います。

(そんな人がこの国に居るかどうかはわかりませんが)

古狸も沢山読んだ小説やマンガがバックボーンになって物語を紡いでいます。

そもそもが「誰も読んだことのないオリジナリティーに溢れた作品」なんてものは目指していませんし、歴史に残るような名作を書こうとも思っていません。

日常を彩ったり、ほんの少しだけでもストレスが軽くなったり、クスリと笑ってくれたりする。そんな娯楽作品が世の中には必要だし、自分もそういう作品を読者の方に届けたい。

そしてなにより書いている自分自身が楽しみたい。

だから、古狸の作品を一番面白いと思っているのは古狸自身で、世の中にはきっと、すごくつまらないって思う人も居るでしょう。

でもそれで良いと思っています。

もちろん文章力はまだまだ稚拙だし、表現力も理想とはかけ離れています。自分の作品に対する不満は山ほどあります。でも、内容は自分にとっては絶対に面白い。そう思っているからこそ皆様にお届けできるわけです。

そんな独善的で、身勝手な妄想から生まれた作品が、それでも誰かの楽しみになったりできたらこれ以上の幸せはないのではないでしょうか。


この『実家に帰ったら甘やかされ生活が始まりました』のコミカライズも公式サイトＰＡＳＨＵＰ！で公開が始まりました。

作画を担当してくださるのは幹藻ねずみ先生。

とにかくもう、陽斗くんが可愛いです。

もちろん彩音さんたち女性陣も可愛いし、祖父ちゃんは渋いです。

この本を手に取ってくださっている読者様の中にはコミカライズの方から来てくださっている方も居るとは思いますが、まだ読んだことがないという方は是非覗いてみてください。

絶対に後悔はしないはずです（断言！）。

さて、宣伝はこの辺にして。

『実家に帰ったら甘やかされ生活が始まりました』の第3巻は楽しんでいただけましたでしょうか。

気に入ってくださったのならこれ以上の幸せはありません。

そして、この作品がこうして出版できたのはいつも力を貸していただき一緒になって盛り上げてくださっている担当編集の松居様、毎回素晴らしいイラストで魅力を底上げしてくださるうなさか先生、他にも編集部の方々や販売してくださっている書店様のお力添えがあってのこと。

この場を借りて心からの感謝をお伝えできればと思います。

そして、また第4巻で読者の方々にお目にかかれることを願って。

二〇二三年　六月吉日　月夜乃　古狸

PB
PASH!ブックス
私の心はおじさんである
中身はただのおじさんなので
鋼の肉体&圧倒的魔法力の
最強美少女ダークエルフに
なったけど……
無双なんてできません!!
著 嶋野夕陽
Ill. NAJI柳田
2023年6月2日発売!

この本を読んでのご意見・ご感想・ファンレターをお待ちしております。
〈宛先〉　〒104-8357　東京都中央区京橋 3-5-7
（株）主婦と生活社　PASH! ブックス編集部
「月夜乃古狸先生」係
※本書は「小説家になろう」（https://syosetu.com）に掲載されていたものを、改稿のうえ書籍化したものです。
※この作品はフィクションであり、実在の人物・団体・法律・事件などとは一切関係ありません。

実家に帰ったら甘やかされ生活が始まりました 3

2023 年 6 月 12 日　1 刷発行

著　者	月夜乃古狸
イラスト	うなさか
編集人	山口純平
発行人	倉次辰男
発行所	株式会社主婦と生活社 〒104-8357　東京都中央区京橋 3-5-7 03-3563-5315（編集） 03-3563-5121（販売） 03-3563-5125（生産） ホームページ　https://www.shufu.co.jp
製版所	株式会社二葉企画
印刷所	大日本印刷株式会社
製本所	下津製本株式会社
デザイン	atd inc.
編集	松居 雅

　Printed in JAPAN　ISBN978-4-391-15993-6